La Honfleuraise

Nicole Badouard

La Honfleuraise

LES ÉDITIONS DU NET
126, rue du Landy 93400 St Ouen

ISBN : 978-2-312-07409-2

1

Mais oui c'était l'hiver, encore l'hiver. À croire qu'ici il n'y avait qu'une saison, la plus mauvaise.

Léontine regardait par la fenêtre. La pluie martelait les vitres et ruisselait en grosses larmes comme les méandres bouillonnants de la Touques. Derrière elle, le feu qui crépitait dans la cheminée et le tic tac monotone de la comtoise donnaient à eux seuls un simulacre de vie. Un gros chat roux ronronnait sur ses genoux. Il était laid mais elle l'aimait bien, Aristote. Léontine releva à nouveau la tête et ses yeux se perdirent dans la campagne.

Tout ce vert, toute cette humidité ! Si au moins on avait pu construire une école, il y aurait eu des enfants, de la vie quoi !

On était ici dans le coin le plus reculé de la vallée d'Auge. Campagne, attention, danger !

Elle était en danger de solitude. Des sauvages, voilà ce qu'ils étaient devenus. La porte s'ouvrit d'un coup, suivi d'un fumet d'étable. Arsène entra.

– Bon Dieu quel sale temps !

Léontine le regarda, un rien narquoise.

– Ce n'est pas fini mon pauvre homme. Ce n'est que le début de l'hiver. Tu n'as qu'à liquider ces quelques bêtes, ce n'est plus de ton âge !

Arsène qui était en train de retirer ses bottes à l'aide du tire-botte releva prestement la tête.

– Écoute Léontine, on en a parlé, on n'en parle plus !

Léontine ne répondit pas mais se leva chercher le café et le calva. La maison sentait la pomme, les douves de barrique, le bois imbibé d'alcool. Ils se mirent à la table l'un en face de l'autre.

– Et l'autre là !

Il désigna d'un grand geste du bras une maison voisine

– … Il sait me trouver pour SES pommes mais les miennes de pommes, qu'est ce qui va m'aider ?

Léontine fit un mouvement de la tête qui ressemblait à une évidence.

– Bien sûr reprend le vieux, toi ma pauvre vieille !

Mais elle avait tant à faire Léontine : la traite des vaches, nourrir les veaux, s'occuper de la basse-cour, et puis tout ce qui incombe aux femmes, jeunes ou vieilles, la cuisine, le ménage…

– On va en crever hein ? continuait-il.

– Ça !

Et elle, elle en avait une solution ?

Vendre bien sûr. Ils auraient du faire ça depuis longtemps ! Elle ravala ces paroles, sachant d'avance la tempête que déchaînerait ce simple mot.

– La Pâquerette va vêler cette nuit pour sûr, poursuivit-il.

– Et tu l'as rentrée donc !

Elle jeta un coup d'œil sur les traits tirés du vieux paysan

– Eh non, elle galvaude la garce !

– Eh bien tant pis, qu'elle vêle donc sous la pluie !

Petit coup d'œil circulaire d'Arsène. À la porte, le manteau de Léontine finissait de s'égoutter.

– Il vous a échappé bien sûr ?

– De qui parles-tu donc ?

– De celui qui est crevé !

Léontine eut un sursaut, allons, il n'allait pas lui reprocher d'être allée à cet enterrement tout de même ! Même sous la pluie c'était un devoir. Ne pas accompagner les morts eut été sacrilège, rien de moins.

– Un poivrot patenté continuait le vieux, qu'il devait encore cuver dans le plumier !

Elle eut un petit rire et se leva chercher les légumes qu'elle fourra sous son nez. Qu'il épluche donc la soupe. Elle déploya devant lui le torchon pour les épluchures qu'elle secouerait plus tard aux poules et plaça à côté la cuvette en métal dont le bleu s'écaillait par endroit. Lui, dépliait son opinel sans rechigner, connaissant l'habitude et attaqua l'épluche.

Elle s'était rassise en face de lui, les bras croisés sur la table

– Dis donc Arsène, on peut causer ?

Le couteau valsait autour d'une pomme de terre. Il ne quitta pas les yeux de son travail. C'était une façon d'accepter.

– Tu ne vas pas te fâcher ? Elle tapota les poches de son tablier, l'air gourmand. Elle les avait comptés.

– T'as compté quoi ?

– Les sous !

Le vieux poussa une exclamation outrée. Elle n'allait pas remettre ça !

– Mais un voyage l'père !

Oh, comme elle en rêvait ! profiter une seule fois dans sa vie, de la montagne, de la mer, ou tiens, d'une herbe seulement d'un autre vert.

– Tu débachôles ma pauvre vieille.

Voilà, il ne se fâchait même plus et c'était pire bien sûr, aucune chance qu'il largue un jour la fourche à fumier. Contre toute attente, elle se leva soudain, les deux poings sur la table, tout le corps penché en avant.

– Écoute-moi bien l'père, tu commences à me lessiver les boyaux avec ta ferme.

Alors qu'il se décide sinon elle partirait seule, juré sur la tête de sainte Rita.

Arsène continuait son épluchage.

Imperturbablement, il ajoutait des carottes aux pommes de terre, quelquefois un poireau tout ébouriffé qui s'entassait dans la cuvette en fer. Pas de navets, ça donnait mauvais goût, pas de tomate non plus, en Normandie, elles ne viraient jamais au-dessus de la couleur verte.

Léontine s'était rassise au ralenti comme on revient d'un long rêve. Il était têtu. Têtu et borné.

Les accès de colère de sa femme n'effrayaient pas le vieux. Les repas se déroulaient sans parole. Le nez penché vers son assiette comme si la moustache pesait des tonnes, il mangeait et ne parlait pas. Il s'essuyait les lèvres de temps en temps d'un revers de manche. Parfois, la cuillère restait en suspens. Il remuait la tête doucement dans un mouvement intermédiaire entre le oui et le non, ressassant sans doute dans sa vieille tête quelques souvenirs, puis se remettait à manger sans plus de sons.

Elle, avait bien essayé de rompre cette solitude désolante, de parler de ces choses banales qui agrémentent le quotidien et qui font un peu oublier les soucis de la ferme et les fins de mois difficiles. Mais pour Arsène, c'était parler pour ne rien dire. Des potins de bonnes femmes. Il était contre également des rassemblements de personnes. Ça n'amenait jamais rien de bon. On commence par des « salles à potins » et on finit par s'inscrire au parti.

– Tu es pourtant un prolétaire Arsène Delamare, et tu réagis comme un capitaliste

– Toi ma pauvre vieille, tu es une rouge, regarde ton tablier !

Elle n'était rien du tout et ce n'était pas la faute à son tablier s'il était rouge !

Bref, le temps passant, elle s'était tue elle aussi, bouillonnant à l'intérieur puis s'apaisant par habitude.

Plus tard dans la soirée, Léontine mit l'eau à bouillir et la versa dans la bouillotte. Après un brin de toilette, ils iraient se coucher.

– Vas-tu donc monter, le père ?

Il fumait sa dernière pipe, le chat sur ses genoux ronronnait. Il était lourd ce gros matou roux. Il l'aimait bien. Les chats étaient moins compliqués que les femmes.

Dehors, il pleuvait toujours.

Le croyait-elle capable de *mettre la viande dans le torchon* sans même mettre la Pâquerette à l'abri ?

– Tu vas ressortir ?

– Bah tiens !

Joignant le geste à la parole, il se leva d'ailleurs, chassant par ce geste le chat frustré et se dirigea vers la porte où paletot et casquette attendaient.

Elle restait là, debout sur la première marche, la bouillotte prolongeant son bras. Ça n'était pas la peine d'en avoir tant causé de cette retraite. Qui y avait-il donc de changé depuis qu'ils étaient vieux ?

La porte claqua, faisant se balancer son manteau à elle.

2

L'eau du large, soudain calme et limoneuse grignotait peu à peu la vase du port. Chaque marée montante voyait ainsi disparaître le cloaque insupportable dont l'odeur phosphorée pourtant, remplissait avec délice les narines des « nés natifs »

Y avait-il que ces Honfleurais de pure souche pour supporter cette puanteur agréable à leur nez ?

Appuyée au parapet usé et lisse, elle respirait la marine amniotique, quelques heures déliée sous le ciel fade.

Catherine avait sans le savoir cette âme corsaire qui s'exprime encore aujourd'hui. Sous les mèches de chanvre, souples, d'un blond presque blanc, la frange épaisse à l'odeur de céréales qui couvrait selon l'humeur du vent, des prunelles si claires que l'on croyait voir son âme.

Elle se sentait bien, tout imprégnée de cette force de la nature née pour le commandement. Âme de chef comme souvent les femmes d'ici, les femmes de Honfleur, descendantes des fameux pirates. Elle brûlait de l'énergie de ses ancêtres.

L'enfance est dorée comme le miel, douce et sucrée. De cette pureté originelle qui fait à la vie, les années-référence auxquelles chacun revient comme à la source suprême.

Pourtant, elle qui se chargeait avant les autres, ceux de la bande, filles ou garçons, de houspiller, railler ou moquer le horsain, elle qui était leur chef et qui comptait pour tout mener à bien sûr cette formidable puissance qui rayonnait et qui vivait derrière ses yeux océan, n'avait pas une once de méchanceté. Pas une once de cette douce jeunesse qui était la sienne pourtant. Il n'y avait qu'à considérer ses pauvres hardes pour comprendre que sa jeunesse à elle n'avait rien de doux. Ou bien la pauvreté est à part dans le cœur des gens, une épine qui s'accroche et qui rappelle parfois qu'elle est un problème.

Mais, a-t-on un problème de cet ordre quand on a… seize ans peut-être ? Oh oui, c'est cela, la jeune frimousse qu'elle tendait au garçon avait cette fraîcheur et ces quelques taches de rousseur adorables.

Le garçon était plutôt un homme. Il était adulte. Il portait redingote. C'était donc un Monsieur !

Il était en grande conversation. L'autre plus âgé, moins intéressant pour Catherine.

Ce qu'ils se disaient, elle aurait aimé en entendre davantage. Elle avait entendu des mots sucrés à son cœur : pinceau… couleur… mer bien sûr ! Ils parlaient de la mer ! Elle tendit l'oreille.

– Ah mon cher, vous excellez !

L'autre eut un sourire que Catherine capta. Elle s'approcha davantage. Ils parlaient à présent de vert, de blanc

– … Ces demoiselles du bord de Seine ! c'est tout bonnement remarquable. Ces rendus d'étoffe sont particulièrement réussis. Ils justifient à eux seuls, votre texte de présentation à l'exposition de 1855. J'y étais, je peux vous dire…

– Oui, bien sûr ! coupa la personne plus âgée : « Savoir pour pouvoir, telle fut ma pensée ! Être à même de traduire les mœurs, les idées, l'aspect de mon époque, selon mon appréciation, faire de l'art vivant, tel est mon but[1] ».

– Voyez-vous Sisley, je ne me suis pas fait que des amis. Ce tableau-là justement n'a pas fait l'unanimité des critiques. Qui plus est….

Il eut un bref moment d'arrêt. Il venait de se rendre compte de la présence quelque peu cavalière de Catherine. Il susurra quelque chose à l'oreille de son acolyte. Le jeune homme se retourna vivement et reçut en pleine face les deux yeux bleu lagon. Il se retint de pousser un cri. Ce regard par Dieu ! Quelle audace, quelle intensité violente !

– Revenez Mademoiselle ! criait-il à présent car la jeune fille, d'une pirouette s'était envolée.

Il voulut courir, la rattraper, mais court-on après une jeune pouliche ? Il sentit en un éclair que cela

---

1. Gustave Courbet, *Catalogue d'exposition*, 1855.

était impossible, qui plus est, ridicule. Les bras le long du corps, presque inerte, il entendit rire Courbet, car c'était bien lui, le grand et célèbre peintre, à la fois portraitiste et paysagiste, LE chef d'école, à qui rien n'échappait et qui, témoin du choc émotionnel de Sisley, continuait cependant :

– Pour continuer sur cette œuvre, Théophile Gautier en personne écrivit même : « Un paysage de haute fantaisie comme on en voit sur les papiers d'auberge de province… » Le gougeât ! L'ignorant !

– Allez mon vieux continuait-il tout sourire, en l'entraînant d'un geste sur l'épaule, il sera bien temps pour vous de trouver sur votre palette ce merveilleux bleu cyan.

Puis dans un murmure amusé :

– … Je vous verrais bien y mêler quelques paillettes d'or pur.

La retrouver ne serait pas très difficile. Elle était une Honfleuraise pure souche. C'était à n'en point douter.

3

Catherine volait plus qu'elle ne marchait. Ses petits pieds chaussés de rudes galoches s'accrochaient aux pavés du quai. La petite pluie fine que l'on appelle ici « crachin » lui faisait les joues rouges. Elle jurait après cela mais dans le fond, elle n'en avait cure. Cela faisait partie du paysage, de la ville.

Elle passa devant la lieutenance, seul vestige d'anciennes fortifications construites à la fin du XIVe siècle. C'était une curieuse bâtisse qui devait son nom parce qu'y logeait le lieutenant du roi jusqu'à la Révolution. Mais le savait-elle ? Peut-être oui. Les Honfleurais en connaissent un rayon sur leur ville. Parce qu'ici, précisément ici, on a la ville dans la peau. On est presque fabriqué des mêmes matériaux : un squelette fait de bois et d'ardoises comme les maisons étroites à l'architecture si particulière. On a l'eau salée des embruns comme rouge sang et dans l'âme, le vent du large qui secoue ces petites barques qui sillonnent l'onde écumeuse. C'est dire si on y est attaché !

Cette pluie fine lavait tout et cela reluisait. Le bombé des pavés accrochait quelques reflets d'eau, et c'était beau comme une composition heureuse faite d'un merveilleux scintillement.

Pour rentrer chez elle, il lui fallait longer les quais. Les rambardes maigres en fer s'arrondissaient des chaluts à sécher ou à réparer. L'odeur ammoniacale s'échappant des mailles humides chatouilla un moment ses narines. C'était fort et doux à la fois : La mer qui s'évaporait et qui s'enroulait en volutes. Les mouettes rieuses et planeuses complétaient la marine.

Après la place de la Grande-Fontaine qu'elle traversa sans état d'âme, elle entreprit la légère montée de la rue L'homme-de-Bois.

Dire bonjour à la naine qui tenait la boutique où elle allait chercher la crème. Cette crème jaune et épaisse qui descendait tout droit des campagnes avoisinantes et qui se retrouvait dans la cuisine familiale. C'est qu'ici en Normandie, on a la panse habituée au gras mais non la panse grasse.

« Monter » la rue remarquable en regardant, sentant chacune de ces maisons à pans de bois, essence même d'un paysage lié pour toujours à son âme. À la fois, merveille et mystère de sa sensibilité particulière.

Son regard si profond effleurait chaque contour, caressait les bois et comme souvent, elle sentit monter quelque chose dans son cœur qui ressemblait à de la mélancolie.

Sa maison était en dessous de celle qui avait donné son nom à la rue. Cette dernière portait en fronton la figure de bois qui avait servi d'enseigne à quelque commerce disparu.

Quelques pas en deçà et du même côté, s'élevaient les vastes bâtiments d'un collège.

Fondé par la ville depuis une décennie, des fonctionnaires de l'instruction publique s'y partageaient un enseignement secondaire et des cours commerciaux.

Il était triste d'avoir à constater que l'enseignement était presque nul à Honfleur. Point d'école pour les jeunes garçons. Quant aux filles…

« Le défaut d'instruction et d'éducation parmi les enfants du peuple disait Monsieur Lacroix Saint-Michel, maire du siècle dernier, est une des causes qui s'est opposée à la prospérité de la ville. Indociles, désœuvrés, errants et même vagabonds, ils sont abandonnés à eux-mêmes. La plupart d'entre eux ne savent ni lire ni écrire. Ils ne peuvent qu'être matelots ou mercenaires. »

Qu'en était-il de cette petite sauvageonne montant, enchantée, sa rue qui étalait sous ses yeux, tous ces bruns bruts ou délicats, changeant sous la lumière des ciels du Nord ?

Elle était comme les autres : illettrée, analphabète, inabordable, gouailleuse à ses heures. C'était une nerveuse, une enthousiaste qui aurait fait presque peur.

Mais alors, d'où lui venaient ses étoiles au bord des yeux quand elle s'émouvait d'une forme, d'une couleur ?

Pourquoi cette émotion qui l'empoignait quand le ciel devenait si gris et qu'il annonçait la pluie nouvelle ?

C'était parce que, sans qu'elle le sût encore, elle était peintre et ce gris, tout son corps l'appelait comme l'intensification de son drame.

Elle ne savait pas encore qu'elle avait une âme d'artiste et qu'elle était née pour transmettre.

4

– C'est à c't'heure que tu rentres ?

Catherine d'un seul regard, jaugea l'atmosphère. Il lui suffit de regarder sa sœur qui grimaçait dans le dos de leur mère. Celle-ci était à nouveau de mauvaise humeur. Cela lui arrivait souvent. Les bouffées de chaleur ? Le père pas encore très à jeun, d'alcool cela allait s'en dire. Il était où d'ailleurs ? Couché peut-être. La prochaine marée se ferait cette nuit, comme toutes les nuits. La mère attablée, « épluchait » la crevette. Oui, à Honfleur, on épluche la crevette, on n'écaille pas.

Cette crevette, c'était le revenu journalier. À cette heure tardive, elle représentait l'invendu. Il fallait donc « l'éplucher », la tasser dans des petits bols qui seraient renversés sur l'étal du lendemain pour être vendue sous forme de petits pâtés. La mère avait sa voiture des quatre saisons, avec un toit pour faire plus moderne. Elle était peinte aux couleurs du bateau familial : orange et noir. Chaque famille de marin possédait ses propres couleurs qui sautaient s'il le fallait d'un bateau à un autre. Bien souvent, les fils qui poursuivaient et qui, de mousses puis matelots, devenaient patron pêcheur, avaient, à leur tour, un bateau, souvent plus petit puisque le premier, amarré au *pater familias,* comme une reproduction miniature et colorée à l'identique.

D'un coup d'œil, on savait que telle famille avait un gars dans la pêche, ou bien deux. Les cadets rejoignant les aînés et devenant mousses à leur tour. C'était ainsi pour les plus riches.

Les pauvres seraient matelots à vie à bord des autres et n'auraient qu'une considération très tiède des gars qui n'auraient pas su être patrons.

Dans la famille de Catherine, on « avait su ».

On était quand même pauvre. Ce n'était pas en pêchant la crevette et l'éperlan qu'on se construisait des châteaux en Espagne.

Malgré tout, la maison appartenait à la famille. Oh, ce n'était pas ce qu'on pouvait appeler une maison bourgeoise ! Elle était triste et bancale. Sa façade à pans de bois aurait eu bien besoin d'un coup de frais. Le bois avait séché sous les assauts des vents salés. Il se craquelait, s'écartelait, gémissait parfois. L'entre colombage n'y résistait pas et se fendillait à son tour. En rupture totale avec des normes établies, il aurait fallu y voir un brin de génie pour sentir la magie quand, au lever du soleil, lorsque la ville dormait encore, la façade s'éclairait un instant et délivrait le secret de sa beauté dans l'enchevêtrement de ses bois. Le contraire de la démesure : petite façade, petit toit, grande poésie.

Catherine ne répondit pas. Elle s'approcha du fourneau, souleva le couvercle de la marmite en cuivre sur la poignée duquel, un torchon plié en quatre, vivait des instants de bien-être. Elle fourra son nez au-dessus des vapeurs enivrantes. Une matelote ! Plat du pauvre marin puisque cuisiné avec les poissons du retour de marché. Comme les crevettes en pâté.

Elle devinait deux carrelets, trois rougets grondins, des maquereaux. Tiens, quelques moules ! Pas la saison pourtant. Le tout baignant dans un jus de cidre à l'oignon. De temps en temps, remontaient à la surface, quelques autres ingrédients, des feuilles de laurier, un brin de thym, des rondelles de pommes de terre.

Elle était fine en cuisine la mère, sachant faire des accords fabuleux même si elle ne choisissait pas ce qui bouillotterait dans sa marmite.

Ce qui était extraordinaire, c'est que sans le savoir, elle perpétuait le passé de toutes ces femmes du bord de mer depuis le Moyen Âge. Plus loin encore peut-être, cuisant à feu doux, très longtemps, ce mets si simple et si délicieux.

Il aurait fallu servir ce chef-d'œuvre avec un cidre brut, moussu, frais et aiguisé de bulles fines et pétillantes. Mais, elle ne le fera pas. Si le père met le nez là-dedans, ce sera l'alliance de la carpe et du lapin : ce goût immodéré de l'alcool et le rejet d'en boire une seule goutte car il le sait d'avance, sa famille aussi. S'il se laisse aller, la marée sera fichue. Deux verres suffisant à le rendre ivre. Au-delà, il deviendrait fou.

Sa dépendance à l'alcool avait une composante génétique qui se transmettait de génération en génération. Dans sa famille, on était marin depuis toujours, alcoolique très sûrement.

Sa vie était une longue épreuve et un péril de tous les jours.

Épreuve, parce le partage des « lots » après la débarque se ferait au bistrot. Lieu de tous les dangers s'il en était.

Péril, parce que, même ivre mort, il sautait comme un singe du quai à la voilure sans se soucier des échelles. Rater son coup, ce serait la mort. Les bateaux ne feraient pas de cadeau. Amarrés au quai, ils happeraient sous leur quille quiconque aurait le malheur de tomber à l'eau.

Il savait donc qu'il ne devait pas boire. Il en était de la survie de sa famille et de la sienne avant tout. C'était un homme charmant, charmeur. Facétieux à ses heures. Ce qui agaçait prodigieusement la mère qui n'avait pas la même finesse de raison que pour sa cuisine. Les enfants eux, riaient avec lui de bon cœur et s'attachait ce fil invisible de connivence entre eux.

Le repas fut vite expédié. Il fallait manger quand la lueur du jour permettait d'économiser au maximum la chandelle. Il suffirait bien de l'allumer pour le repas du père et du fils qui se prendrait plus tard. On ne badinait pas avec les heures de marée.

C’était une nuit complète de forçat qui attendrait les marins. Ils dormiraient encore un peu.

La petite sœur râlait. Julia, treize ans, rousse, échevelée. Joues rondes à croquer. L’enfance encore un peu.

– On n’y voit goutte dans cette baraque !

– T’épluche pas la crevette !

Expression toute faite qui revenait souvent dans le phrasé populaire et rappel déguisé sur l’aide maternelle qu’elle n’avait pas offerte. Julia était insouciante. Elle préférait courir dans la rue, le nez sale, la face au vent salé comme si elle voulait happer plus d’air qu’il n’en fallait. La mère était bien lotie avec ces deux-là !

Catherine était l’aînée des trois. Le troisième, c’était Louis. Douze ans, mousse à bord. Il dormait donc et c’était bien pour son jeune âge car Louis vivait un enfer. Il était malade de la mer. Ça passera disait le père. Mais quand ? Nul ne le savait. Cette naupathie caractérisée par des nausées et des vertiges est provoquée par le balancement de l’embarcation. La mer houleuse est sans pitié pour ces petits gars. Louis frissonnait, somnolait au risque de passer pardessus bord, vomissait ses tripes, avait des bourdonnements d’oreille qui perduraient à terre. Rien ne lui était épargné. Il poussait mal, grandissait dans la douleur. Il était mousse et « offrait » dans une contrainte venue du fond des âges, deux années obligatoires « sans lot » à bord du bateau familial. C’était ainsi.

On aurait pu penser que la vie était plus rose quand on était fille. Cela aurait été une bien grande erreur. Elle travaillait dès son plus jeune âge. Elle aidait et devenait bien souvent ce qu'était la mère. Le travail des marins pêcheurs se faisait en famille. C'était ainsi que les enfants apprenaient le métier.

Pourtant, Catherine n'était pas bercée par cet appel de la pêche. Julia rêvait aux corneilles. Il y avait de l'orage dans l'air.

– Vous me débarrassez la table.

Était-il besoin de leur dire, les deux filles s'exécutèrent. Julia traînait la patte. Catherine s'excitait. La mère s'était mise dans un coin près de la fenêtre pour finir un raccommodage.

– Hâtons-nous dit-elle à sa petite sœur, en catimini. Il faut que je t'explique quelque chose.

Ce serait pour plus tard. Il était l'heure de « lever les gars »

Le père, à son habitude, avait le réveil gai. C'était décidément un homme de bonne nature. Son verre quotidien « poison » n'était pas totalement évaporé. Cela se lisait dans ses gestes un peu brusques et la mère, sans un mot, fronçait de temps en temps les sourcils.

Il s'attabla et commença sa soupe. Il y aurait trois harengs derrière, un brin de beurre salé. En face de lui, l'assiette du mousse attendait, esseulée.

– Vas donc déjuquer (lever) ton frère commanda-t-il à la plus jeune.

Julia poussa un soupir mais s'abstint de répliquer. Elle se lança à l'assaut d'un escalier raide et très étroit qui menait à l'étage. Le père s'était tourné vers la mère :

– Tu vas me la mettre aux moules de bonne heure celle-là ! Il est temps qu'elle cesse de galvauder.

– … Et toi la Cath ! continua-t-il

La force des mots était là, plus grande que pour n'importe quel autre sujet. À travers la banalité, de l'utilisation du prénom impersonnel, transperçait son amour incontestable pour ses enfants. Mais que l'on ne se trompe pas sur l'apparente décontraction qu'il affichait. Son succès auprès d'eux tenait à sa précision, son attention sans faille, son inquiétude même. Ce marin buriné, aux tempes argentées était un travailleur acharné. Pas de fainéant à la maison. Il exigeait le même courage et il n'était pas de ces hommes qui omettaient de le dire. Bien au contraire. Il s'attardait à être aussi clair et précis que possible et c'était bien volontiers qu'il livrerait ses idées à ceux qui en feraient la demande.

La mère soupira, fermée. Fatiguée sans doute. Elle ne se dévoilait dans une apparente bonne humeur que face à une clientèle qui payait. Le reste était superflu.

Catherine était l'inverse de sa mère. Si elle avait ce même courage qui faisait s'enorgueillir la famille, elle se fichait comme d'une guigne des sous qu'elle ramenait. Elle en était contente puisque ça aidait mais n'y attachait pas d'importance. C'était une futée Catherine. Dix idées à la minute mais dans une joie de vivre qui éclatait comme magique corolle, fontaines de lumières et pluies d'étincelles. Usante ! disait la mère.

Sa dernière trouvaille : des galettes au beurre qu'elle confectionnait avec moult beurre et sucre brun. Un peu de mélasse et de cannelle moulue, ça partait comme des petits pains au marché du samedi.

C'était qu'ici à Honfleur et ses environs, la cuisine normande s'ébattait avec bonheur dans des océans de beurre et de crème fraîche dont on nappait à l'envi les poissons, les coquillages, les viandes pour les plus riches.

– Pas d'erreur dans la recette répondit-elle, ils avalent ça mieux qu'le cidre à la goulée !

Le père ria. Louis émergea, encore ivre de sommeil. Il avait déjà enfilé sa vareuse et s'assit lourdement en face du père.

– Alors mon gars, t'es paré ?

Oh vite dit. Le petit regarda les harengs d'un œil rond, encore dans un rêve d'eau salée dont décidément il ne pouvait sortir.

Ce serait dur cette nuit et ils feraient bien d'emmener les suroîts car la mer s'était levée et on entendait rugir le vent qui s'engouffrait dans la rue. Vent de « norouêt » (nord-ouest) c'est-à-dire du froid et de l'eau. Car ici, on ne dit pas pluie, on dit eau, comme si cela ne suffisait pas d'être sur l'eau les trois quarts de sa vie.

Catherine poussa un petit cri en entendant une bourrasque un peu plus forte que les autres. Louis avait blêmi.

– Pas beau temps pour les loups de mer !

– Les loups de mer ! ricana la mère, sarcastique.

Personne ne lui répondit. Pourtant, elle aurait pu s'en faire la femme du pêcheur. Elle semblait oublier qu'il y avait aussi son p'tit gars à bord de la frêle embarcation.

Et cette nuit particulière, cette nuit même, marquerait à cœur la vie du pêcheur. Il suffira d'écouter ce qu'il racontera à ses filles et qui le précipitera à la débarque à Notre-Dame-de-Grâce :

Le souffle du diable fait gonfler les joues et la voile. Ils pêchèrent toute la nuit. Les fonds très remués cachent le chalut et les poissons s'y prennent par centaine. Le retour est pénible car la barque est lourde et s'enfonce à ras des plats de bords. Les paquets de mer embarquent par à-coups et il faut écoper. Le mousse est occupé et oublie un peu son cœur qui se soulève. Une bourrasque plus forte fait s'envoler le suroît du pauvre homme. Il pleure cette coiffe qui le protégeait mais surtout, il n'est pas certain qu'il puisse s'en racheter une.

C'est alors que survient un bateau. Il est gros celui-ci. N'a pas que des rames. Il a une voilure énorme aux yeux de la frêle esquisse. Ce qui lui permet d'affronter ce coup de tabac. Les hommes se mettent d'accord par signes. Le bruit infernal de la tempête annihile toute conversation. C'est un peu le dialogue des malentendants ou des sourds. Remorquage, envoi du boutre qui lie le petit au gros et route vers le port. Tout cela se faisant avec moult efforts et les hommes sont épuisés. Le mousse dodeline de la tête, à nouveau repris par ce mal qui le ronge car la vitesse inhabituelle du doris le fait à présent tanguer.

– Hardi mon gars crie ! le père car il n'est pas si grave ce roulis infernal s'il n'était pas la cause de leur perte. Le pêcheur crie mais les autres n'entendent rien. Et la mer embarque, embarque toujours.

Vite, il faut alléger le doris et rejeter à la mer des heures et des heures de travail. Les caisses en bois surchargées de poissons nagent quelques instants avant d'être englouties.

Toute la pêche y passe mais malgré cela, ils coulent. C'est la fin. Il le sait, le sent comme cette marine dont il est fait lui-même. La mer ne l'avait-elle pas fait vivre ? Elle le ferait donc mourir.

– « Notre Dame de Grâce, priez, priez pour nous. Vous êtes notre mère chérie et vous pouvez tout sur mon cœur ».

Ainsi prie-t-il puisque les marins l'aiment tant cette dame qui les fait se signer quand ils passent près de la falaise en surplomb ou l'on aperçoit la chapelle.

Il pense à son p'tit gars, pas à lui. Lui, c'est ainsi. Mais ce pauvre gosse qui n'a pas choisi cette mer qui les engloutit. Oui, c'est vraiment trop injuste.

Il s'arc-boute et, dans l'effort, rejette la dernière caisse, les yeux face au ciel.

C'est comme un flash effacé dans l'éclair mais il a vu. C'est la Vierge, son bras replié sur l'Enfant Dieu qu'elle porte. À ce moment précis, la corde qui les entraînait vers une mort certaine, se rompt. Le grand navire ne se rend compte de rien et continue sa route.

Le petit doris fou se calme instantanément et les deux pêcheurs, le jeune et le vieux, le père et le fils, se regardent sans oser dire qu'ils s'aiment. Timidement, intensément, silencieusement. Le père reprend les rames, le fils écope et, sans plus de mot, mettent le cap vers le port

5

Comme il est des gens et des siècles, la terre Saint-Siméon connut bien des turpitudes. Elle passa de main en main et on en connaît l'histoire depuis 1593.

Achetée, revendue, devenant tantôt propriété d'une vicomté d'Auge qui ne put assurer la remise en état des bâtiments tombant en décrépitude, tantôt d'un artiste d'art dramatique qui ne sut trop qu'en faire.

Elle fut l'objet de procès vers 1755 parce qu'un maçon peu scrupuleux en avait fait sa carrière, prélevant les pierres dans sa falaise et sur la grève.

Plusieurs dames, veuves ou demoiselles en devinrent à leur tour les héritières.

Au début du XIXe siècle, la ferme se composait alors de 3 cours plantées, encloses de murs ou de haies. On y trouvait des jardins remplis d'arbres à fruits, d'autres de grande hauteur ou d'espaliers.

Dans une de ces cours, une fontaine couverte. Richesse s'il en est car on sait la chance que représente la présence de l'eau dans une ferme.

Dans une autre, une maison à demeure et des bâtiments à divers usages : étables à vaches, cellier rempli de barriques fleurant bon le liquide ambré, des écuries, sellerie, d'autres encore à usage plus domestique : laverie, buanderie.

La troisième cour enfin, dentelée d'un petit bois qui courait vers la mer.

Le tout s'étendant sur plus de quatre hectares.

Le 3 août 1836, un certain monsieur De Varin demanda l'autorisation de créer une poterie de terre à Saint-Siméon. Et ce n'était pas cette brique portant la marque Saint Siméon retrouvée quelque vingt ans plus tard qui raconta une affaire florissante. Tant et si bien, que, en juin 1852, ce monsieur de Varin, louait pour neuf années sa ferme à un certain monsieur Toutain, fermier de son état, qui y tint auberge.

Pauvre décor que cette auberge guère en meilleure posture que les bâtiments. Chambres nues, pans de murs qui frissonnaient du manque de couleur. Ce qui pouvait expliquer cette audace bien venue du « gribouillage » sur des cloisons désolées. On enchaînait sans discontinuer sur les pauvres meubles, les bahuts, les portes. On y peindrait la fraîcheur, l'averse brutale sur la mer, l'attendrissement d'un premier amour.

Il n'y avait pas fête tous les soirs, mais il en allait de la pluie sur les soirées d'hiver pour allonger les soirées dans d'interminables discours où chacun y allait de sa controverse.

Les Toutain n'avaient pas toujours la place pour loger les pensionnaires. Qu'importe la promiscuité. Il suffisait de dresser le lit dans la salle commune. Premiers levés, derniers couchés. Qui cela gênait-il ?

Les heures studieuses étaient là aussi car peindre sur le motif, c'était reprendre ensuite devant la cheminée toutes ces esquisses à la mine de plomb et rehaussées d'aquarelle, annotées d'indications manuscrites.

Saint-Siméon passa à nouveau de main et se vendit à un sieur Chasle, hôtelier à Honfleur *Au cheval blanc*.

La ferme continua de se louer à l'année et verbalement à la veuve Toutain car entre temps, la vaillante femme perdit tour à tour, son mari puis son fils, tous deux aimant un peu trop l'eau de vie qui n'a de vie que vers ce trou où elle amène très sûrement.

Se réunissaient à présent les copains dans ce clos béni de la mère Toutain qui tenait table d'hôte, qui faisait crédit plus souvent qu'à son tour, car sa clientèle ne se composait point de gens huppés mais de joyeux drilles dont la bourse sonnait creux sinon pas du tout.

La ferme était couverte de chaume. Quand il faisait bon, la crevette et le maquereau à l'oseille se dégustaient sous les pommiers, à bord de tables costaudes en plein frêne, amarrées sur l'herbe drue.

De la cour face à la mer, accrochée à mi-côte de la colline de Grâce, on découvrait à travers les branches, ce concentré de création béni des Dieux, entre douceâtre opaline et vasque maya que le ciel reflétait à l'infini. Nuances diaphanes ou troublées : l'estuaire et plus loin, là où le regard se prenait à rêver, l'Angleterre.

On y arrivait plein d'enthousiasme, le chapeau noir vissé sur la tête, au bout des jambes les guêtres, les souliers ferrés, sac et boîte de couleur au dos. Silhouette familière de l'artiste vagabond, au gourdin vaillant à chasser les chiens errants.

On s'y arrêtait pour y planter son chevalet et vite, comme un acte ultime, avant de reposer ce pauvre corps si misérable de fatigue, si plein de santé pourtant, avant de se nourrir même, fixer sur la toile cette tombée de lumière comme un saupoudrage de sable fin qui s'incrustait et vieillissait en séchant comme le ferait la terre cuite.

Qui de ceux-là était le plus impressionniste ? Le vieil homme aux cheveux blancs, ratatiné sur son pliant, qui peignait doucement, le visage séraphique, sans presque bouger ? Le jeune fringant qui écrasait au couteau le vert épinard sur un perlé de gris dans un geste rageur qui soulevait cette vague abrupte et étrangement insaisissable ?

C'était magique, incroyable, quotidien. La mère Toutain se régalait. Elle était de ces femmes maternelles qui aiment être entourées en permanence. Reine de sa cuisine qui emplissait les estomacs comme les cœurs. Reine de sa présence discrète quand on parlait de peinture. Elle avait peu voix au chapitre quand les envolées lyriques se déchaînaient avec passion autour d'une couleur, d'une forme. Elle sentait cependant le génie naissant comme un instinct animal. Elle participait à sa façon, doucement indispensable, intuitivement prévenante.

– Allez la Rose, va tirer du cid pour ces gars qui ont sé.

Tirer du cidre, c'était aller au cellier, ouvrir la « champleur » de bois qui délivrait tout le fumet délicieux des prés normands. C'était Rose donc qui souvent s'en chargeait.

Rose était une aide. Elle était là depuis le décès des hommes de la maison. Il fallait bien se faire seconder.

C'était en décembre que la boisson sucrée se fabriquait. Elle naissait de « pigeonnet », petites pommes rouges et sucrées mélangées au « gros vert » autre variété plus âpre, plus dure. Les deux se ramassaient aux gelées, quand le froid engourdissait les doigts, quand la pluie s'en mêlait et pénétrait le corps jusqu'au soir.

On étalait ensuite les pommes au plancher du grenier, juste au-dessus du pressoir.

Il avait donc fallu les y monter, par « pouques », sacs de jute de cinquante kilos et par l'escalier du meunier. Ce n'était pas les femmes qui s'y cassaient le dos bien sûr. Bien trop lourd, bien trop dur. C'était l'entraide qui se jouait. Les femmes ramassaient, les hommes faisaient le reste.

En décembre donc, on les faisait descendre par la trappe et elles tombaient avec ce bruit délicieux déjà, des pommes qui s'entrechoquaient. Une pelletée des unes, une pelletée des autres. Outil en bois pour ne pas oxyder les fruits.

C'est qu'elles étaient précieuses comme la Normandie qu'elles parfumaient car partout à la même époque, on fabriquait « les mouëts » Une couche de paille, une couche de pommes qui avaient été écrasées à la roue par l'âne ou le cheval.

Cela prenait la tête de bonheur cette odeur qui se mettait en colère dans la barrique quand le cidre bouillait. On était Normand dans l'infiniment petit de son être, dans l'infiniment grand de son âme ! Tout était plein de vie et respirait d'abondance !

Et voilà qu'il s'attablait, le client. C'était un habitué, un gars du pays comme on disait. Il leva son verre devant son visage, dégustant à l'avance ces bulles fines et légères qui pétillaient.

– Alors mon gars, as-tu produit ce jour ?

En réalité, la mère Toutain forçait son ton jovial. Le jeune Boudin, Eugène de son prénom était complètement démoralisé.

– Ma pauvre mère, c'est gentil de m'offrir du remontant, mais vous savez bien…

Oui, l'aubergiste le savait bien, il était financièrement mal en point. Pourtant, elle n'attendait rien.

– Je ne réussis rien, je suis dégoûté de tout ce que je fais.

Devant tant de découragement, la femme s'apitoya mais dans sa bonté, se révolta. C'est qu'il avait encore détruit l'œuvre dernière. Quand donc se satisferait-il ?

– T'es trop dur avec té Eugène. Puis finaude : « peints des ciels mon ti gars, c'est là que c'est beau ! »

Comme elle les accueillait avec commisération ces hommes tendus, tourmentés par leur art, connus d'un seul cercle d'amateurs. Oh oui, c'était cela, un cercle réduit, si réduit ! De l'amateurisme ! Il faudrait monter à Paris.

La mère Toutain ne se démonta pas. En essuyant une table à donner le tournis au torchon, elle donna son idée. Qu'il « fasse » la nature. Il y avait de cette nature-là, là-bas, dans la capitale ? Qu'il engrange donc du savoir. Elle continua comme à elle-même :

– Enfin, moi j'sais point mais, il me semble qu'il y a à faire ici !

D'un geste du bras qui désignait la fenêtre et au-delà la transhumance éternelle des nuages lourds de décembre.

Oh comme elle avait raison cette femme sage qui administrait ses conseils avec sympathie. Le peintre finit par s'en amuser. Le paysage désolé de ce dernier mois de l'année n'était pas nécessairement intéressant à mettre sur la toile. Fallait-il qu'elle fût chauvine pour trouver grisant ce plomb à perte de vue et cette flaque grise et déplumée ? Pas très gai, pensa-t-il.

« C'est peut-être joli pour un rêveur les impressions hivernales ; mais vous savez, on veut être égayé et amusé dans notre monde, les tristes n'y ont pas cours »

Il s'exprimait bien. Il était beau, allez ! C'est ce qu'elle se disait la brave femme sans oser lui avouer. Peut-être le prendrait-il mal, lui qui était si peu sûr de lui.

C'était un homme solide, hâlé comme l'été qui le brûlait sous le panama et qui l'accompagnait même en hiver. Il avait trente-huit ans et déjà un passé douloureux. Il avait perdu sa femme voilà trois ans. C'était dur avant déjà. Il raconta :

« Je me souviens d'avoir passé un hiver à Honfleur avec ma pauvre défunte et quoique nous fussions réduits à la plus maigre pitance, sans bois pour nous chauffer, nous étions obligés de brûler des branches vertes… »

Au moins étaient-ils deux !

Il écrivait bien aussi, sans fautes. Elle le savait parce qu'il notait tout sur son journal et elle aimait les histoires la mère Toutain. Il lui lisait des passages colorés car son expression était imagée, pleine de fantaisie. L'enseignement qu'il avait reçu était pourtant bref. Il avait quitté l'école à douze ans mais son bagage était rempli et sa personnalité avait fait le reste.

L'aubergiste montra du menton le sac en papier gris où dépassait la queue d'une pomme et l'ébouriffage verte d'un poireau. À sa question muette Boudin expliqua son désir de peindre quelque nature morte. Elle hocha la tête, souriante :

– Le ciel mon ti gars, le ciel ! Rien dessous s'il n'y a rien.

Elle tint quelques instants l'épaule de l'homme en un geste plein de déférence puis doucement, quitta la pièce, appelée à d'autres occupations.

6

– Qu'est-ce que t'en dis la petiote ?

C'était ainsi que Catherine appelait sa cadette. Cela rimait avec megnotte, mignonne en patois. Elle était à croquer la Julia. Elle n'en avait aucune conscience. Ne savait pas qu'elle était une graine de femme qui ferait chavirer bien des cœurs. En attendant, ses cheveux auburn étaient plus emmêlés qu'un chignon mal fait. Ses ongles noirs lui faisaient d'horribles petites mains négligées. Elle puait le crottin. Que faisait-elle donc à traîner autour des chevaux du port ? N'est-ce pas sur le Ratier qu'elle devrait se rendre ? Le père l'avait ordonné.

Le Ratier, c'était cette bande de terre que la marée découvrait environ cinq heures par jour après la pleine mer. On parlait de lui comme d'un personnage. Il avait une tête, deux « gambes » : la jambe droite de suroît, la jambe gauche de noroît. Entre ces deux allongements, une petite émergence de roches que l'on appelait le Ratteret. On n'allait jamais chercher loin les appellations. C'était un banc de sable et de cailloux situé pile en face de Villerville, et qui serait bien ordinaire s'il n'avait pas la riche idée d'y accueillir des mille de mollusques noirs et cirés : les moules !

On y allait en doris, petit rafiot à rames. On le remplissait avec les panières, elles-mêmes saturées à ras bord et on revenait de même.

C'était comme ça que l'on gagnait quelques sous et que les moulières y faisaient d'abondantes visites. La petite Julia haussa les épaules. Elle n'était pas, ne voulait pas être une moulière. À qui cela dirait-il de participer à ces départs d'hommes nus pieds dans leurs sabots, gouailleurs, à la bouche remplie de plaisanteries douteuses, de femmes en cheveux, un peu complaisantes, car même si elles râlaient, elles aimaient les regards appuyés des hommes sur les cotillons relevés. On se passait les paniers, ça riait, ça s'engueulait. On descendait par les échelles de fer et on embarquait en s'engueulant encore.

À qui cela dirait-il de rester le cul en l'air à racler le rocher pendant des heures, tout chiffonné d'odeurs salines et craindre le coup de vent qui par ici ne prévenait pas ? Merci pour elle les convulsions de cette nature indomptable, les ciels menaçants et la mer forte qui parfois se déchaînait. Elle préférait la sérénité des jours ordinaires sur le plancher des vaches.

Elle aimait les animaux. Plus encore les chevaux et les chiens qui baguenaudaient et qui la suivaient sans même qu'elle y prît garde. Elle les aimantait, les caressait machinalement quand dans la rue, elle s'arrêtait et rêvait. Il y en avait toujours un qui venait sous sa main.

Les chevaux étaient nés d'une passion bizarre. Toute petite fille de trois ans, échappant à la vigilance de sa mère, elle s'était retrouvée entre les sabots d'un cheval et quel cheval puisque, ruant, bottant tout azimut, celui-ci avait décidé de montrer à la ronde son état d'entier. La queue sur le dos, les naseaux largement ouverts, il brillait de sa beauté et de sa dangerosité et n'avait cure de son palefrenier qui tentait en vain de le calmer.

On vit la gamine, sans émotion, se placer gentiment devant le monstre, les petits bras tendus vers celui qui donnait l'impression qu'il allait la bouffer tout entière.

Sur ce morceau de port, l'affaire ne passa pas inaperçu. Comme toujours et pis encore au moment des débarques de poissons, toute une foule bariolée et bruyante semblait se donner rendez-vous là. Qui des bourgeois en pourpoints, qui de gentilshommes en cape à galons. Bien sûr les matelots déguenillés, des femmes aux mauvais fichus. Et puis, descendant des malles-poste, face au *Cheval blanc* les dames aux riches atouts. Toute une petite ville animée d'un incessant va-et-vient comme les vagues de la mer proche.

Ceux qui gardèrent ce souvenir en firent une ferveur face à cette gosse si petite qui apparut aux yeux des foules, emplies d'un mysticisme profond qui aurait pu guider ou encourager.

L'animal calmé vint poser son bout de nez dans les petites menottes ouvertes en corolle et le miracle s'amplifia des cloches, sonnant hasardeusement à ce moment précis d'une envolée active qui couvrit même le brouhaha formidable au milieu d'une forêt de mâts et de vergues que le vent chamaillait à grand bruit.

Elle fît à nouveau parler d'elle quelques années plus tard par cette chose hallucinante qui parut à ce petit peuple marin rien de moins qu'incroyable. Elle devait avoir, allez, six années peut-être. L'âge où l'on peut commencer à s'intéresser aux premières bribes de prières. On connaissait la passion de la mer qui animait ces hommes et la fervente piété qui s'unissait aux croyances naïves et sincères qui étaient les leurs.

Tous les dimanches, suivant si on habitait ici ou bien là, les Honfleurais se partageaient les offices qui ne manquaient pas de se faire écho. Il y avait le choix puisque l'on comptait rien de moins que quatre églises dans Honfleur et ses abords :

Notre-Dame-de-Vases et Saint-Étienne-des-Prés, petites églises ci-nommées au lieu dit l'Enclos. Et deux plus grandes : Saint-Léonard-des-Champs à l'est, Sainte-Catherine-des-Bois à l'ouest. Cette dernière, enchâssée dans une forêt de châtaigniers que l'on commença à éclaircir sérieusement vers 1840. Dommage pour la vision magique de ses verrières illuminées à travers les bois, heureusement pour le clocher qui pouvait enfin s'enorgueillir de sa personne, petit beffroi étayé de poutres élancées du premier toit, s'imposant enfin seul, autrement que perdu modestement au-delà des canopées.

Cette petite Julia vivant là dans ce faubourg ouest de la cité corsaire se fit donc remarquer en cette église Sainte-Catherine.

Il est des enfants comme des petits anges que l'on aime à placer devant les adultes près du chœur. Ils font sourire parce qu'ils sont roses et frais. Parce qu'ils ont encore de ces petites âmes dont la pureté fera toute la vie la nostalgie des grands.

Cette voix pure et cristalline qui monta tout à coup jusqu'à la pierre d'angle figea l'assemblée dans une torpeur formidable. C'était un filin d'acier de puissance dans ce petit corps de fillette et la douceur que l'on pouvait espérer au-delà de ce monde. Chacun ressentit la main céleste passer comme une onde de bien-être.

Le père de cette enfant aurait dû être fier. Il l'était bien sûr au-dedans de son cœur mais son amour pour son enfant n'avait d'égal que de la protéger contre ceux voulant l'exposer comme un singe savant.

Elle n'eut plus l'occasion de montrer son talent, qu'elle vivait elle-même comme une chose normale puisque elle réserva selon les vœux de son père, toute cette beauté à la seule nature isolée et solitaire. Heureux celui ou celle qui, par hasard, pouvait l'entendre.

Catherine lui montra l'esquisse qu'elle avait dessinée sur un morceau de vieux drap de lin :

– Qu'est-ce que t'en penses ?

Julia émit un petit sifflement.

– Comment t'as fait ça ?

Cela : quelques gars accoudés au bastingage, une barque sur roue. Rien n'y manquait malgré ce trait rapide. C'était fluide, aéré. On y remarquait même ces pas enfoncés dans un sable meuble. Cette esquisse à la sanguine volait quelques instants de vie pris sur le vif. On aurait cru entendre parler ces gars-là.

– C'est bien, vraiment bien insista la jeune à son aînée en scrutant le morceau de drap tendu entre de mauvaises planches.

N'y manquait que la couleur. Oui, problème. La sanguine, Catherine l'avait ramassée derrière le peintre qui avait quitté la place. Le crayon avait roulé sur le sable. Pas perdu pour tout le monde.

– Je suppose que t'as été chez l'marchand de couleur ?

Il tenait boutique sur la place Sainte-Catherine, vraiment à deux pas de la maison. Cela sentait la térébenthine quand on passait et puis à la devanture, il y avait tous ces tubes, tous ces pots. Catherine les regardait avec envie, les mains jointes devant sa bouche comme une prière muette. Elle y passait plusieurs fois par jour. Elle se faisait mal. Tout était horriblement cher. Même si elle s'achetait quelques bâtons de pastels primaires, comment rendre ces ocres tous différents ? Comment animer cette lumière froide, chaude, sans condamner les ciels, les bassins, la mer ? Impossible de réaliser ce tour de force qui vivait en elle et qu'elle ne pouvait traduire. Elle ne pouvait se résoudre à la seule esquisse. La couleur, elle la dévorait en pensée. C'était à rendre fou de frustration parce que cette lumière, elle voulait la fixer sur la toile. Elle devait la faire vivre. C'était comme cela qu'elle pouvait vivre elle-même.

– La mère m'a demandée d'aller chez grand-mère demain. Elle veut des légumes. J'ai peut-être une idée pour tes tableaux.

En fait, l'idée de Julia était simple. Puisqu'on n'avait pas l'argent autrement que pour l'essentiel c'est-à-dire le manger, il n'y avait qu'à fabriquer soi–même. Elle continua, s'excitant au fur et à mesure qu'arrivaient les idées.

La campagne, c'était la terre et d'elle, on pouvait tirer les ocres, les marron.

– C'est bien ainsi qu'on dit : « marron » ?

Catherine sourit. Elle aimait mieux dire terre de sienne par exemple.

Mais oui c'était cela, les couleurs paille, la rousseur des vaches. Toutes ces taches de couleur devenaient possibles.

Mais, l'instant d'après, la jeune fille se rembrunit. Cette lumière, cette satanée lumière, ce n'était pas de l'abstraction. Il lui fallait du vent, une vue sur la mer, tous ces jeux de lumière qui changeaient d'heure en heure.

– Pour ça conclut-elle, j'ai besoin d'une palette. Pas quelques mottes grasses ramassées chez les grands-parents !

Aussi des verts, des bleus, des gris. Oh oui des gris, perlés, ourlés, anthracite, outre-tombe, outre-mer.

Elle dansait, elle trépignait, se tordait les mains, les pieds parfois, emportée dans l'excitation. Une fougue l'étreignit, elle qui voulait oser mettre « en tableau » les choses, les gens. Et elles riaient ensemble des idées saugrenues qui maintenant dansaient dans leur tête : la sauce tomate, la farine du placard, l'orange du bateau du père. C'était dans la cave, quelques pots desséchés y dormaient encore.

7

Quitter Honfleur pouvait sembler brutal tant la ville était un cadre étroit au remuement incessant. La végétation luxuriante était à sa porte. Elle était tout autant pittoresque, grandiose même dans cette opposition de couleur. Le minéral faisait place à des verdoiements incroyables. Tout s'esclaffait, naissait, vivait comme une exaltation délirante. C'était qu'ici, dans ces coins charmants, la verte Normandie n'en finissait pas de vivre. Même si l'hiver lui volait ses couleurs, on sentait la nature comme une source tantôt apaisée, tantôt éclaboussant de vie.

Il était deux routes royales pour sortir du cadre marin. Celle bâtie d'Honfleur vers Pont-Audemer, l'autre rejoignant Lisieux. Vers 1784, on planta de part et d'autre de cette dernière et ce jusqu'au sommet d'Equemauville, deux magnifiques rangées de platanes faisant de ce boulevard honfleurais, le majestueux cours d'Orléans. Appellation empruntée au duc du même nom en remerciement de ses dons généreux.

Pour se rendre à Gonneville-sur-Honfleur où habitaient les grands-parents, on pouvait passer par l'une ou l'autre voie. Les deux filles décidèrent de s'engager vers le poudreux pour monter ensuite la charrière

Mont-Saint. Elles arriveraient rapidement sur le plateau. Elles allèrent donc, Catherine d'un pas ferme malgré la lourdeur des sabots, la petite Julia trottinant à ses côtés et reniflant, le visage rougi de froid.

– Mouche-toi donc ! commanda la grande.

Et avec quoi ? Elle n'avait rien sur elle !

– Tu ne seras donc jamais une dame disposée aux plus belles manières.

Julia serra sa cape autour d'elle, mi-rieuse, mi-agacée.

– J'espère moi, que tu te fais pas trop d'idées. On sera toujours des filles « nées natives ».

Qu'elle ne s'imagine pas des possibilités qu'elle n'aura jamais !

Catherine s'arrêta net, piquée au vif.

– Malheureuse. Tu vois, c'est ça qui nous différencie !

Elle pensait que ses dons pourraient l'emmener loin, très loin. Qu'elle avait des possibilités infinies. Qu'il lui suffirait de choisir à un moment donné ce qu'elle ferait de sa vie. Certainement de grandes choses !

Elle devrait le savoir la petite miséreuse qui courrait presque à ses côtés pour soutenir l'allure. Elle sentait au bout de ses doigts de véritables armes de guerre toutes disposées à trancher dans le vif. Oui vraiment, c'était avec ces mains-là qu'elle embellirait son existence. Elle le savait. Ne lui demandez pas pourquoi ni comment. C'était une évidence.

– Ah et puis arrête de renifler, tu m'agaces !

La petite n'avait que faire des éclats de sa sœur. Elle était habituée. Il y avait un moment où il valait mieux la laisser s'envoler seule, elle finissait toujours par retomber. Elle, la petiote, était du genre calme et ne connaissait pas les changements d'humeur qui caractérisant son aînée.

Elle haussa donc les épaules et poursuivit son trottinement.

Elles longèrent à présent une rangée de peupliers qui bruissaient à grands bras. C'était qu'ici, rien n'arrêtait le vent. Il faisait plus frais sur le plateau, la mer adoucissait les températures, c'était bien connu. La ferme des grands-parents n'était pas loin du château de Prétreville. Il fallait prendre le chemin juste en haut de la côte Pottier. Un petit chemin à l'arête centrale herbeuse. Même les cailloux ici étaient doux. Cet endroit, c'était le bonheur pour les filles. La paix, l'amour. Ici à la campagne, on avait toujours la sensation de poser son fardeau, comme si la vie de la ville réclamait une trêve.

Il était loin de leur esprit ce qu'enduraient les paysans. On ne peut se faire une idée du travail si on ne l'accomplit pas soi-même.

Tout était si vert, si paisible. Les chevaux calmes, les vaches si brouteuses. Comment s'imaginer qu'il était si dur et courbait les gens ?

Voilà le grand-père Arsène qui de loin avait vu arriver ses petites-filles. Il hochait la tête d'un mouvement continu et involontaire. Cela le ravissait de voir ses gamines. Il avait sous le bras un outil et roulait sa cigarette avec ses deux mains laissées libres.

D'aussi loin qu'on se souvînt, il portait toujours un outil. Si ce n'était rien, il avait son couteau et rabibochait quelque chose.

– Vous voilà donc les poulettes, c'est la grand-mère qui va être contente !

Julia embrassa son grand-père. « La classe » qu'il l'appelait car par un hasard bizarre, elle était née exactement le même jour que lui, un 7 mars. Cela créait entre eux quelque chose de particulier, un plus inexplicable.

Catherine huma l'air de bonheur. Bon, rien de neuf. Tout était en place, ça allait donc. La grand-mère était dans sa cuisine et Catherine s'y précipita. Julia se frottait le pied qu'elle avait retiré de son sabot.

– T'as pas une recette pour les ampoules ?

Car c'était une chose qu'ils partageaient également : les remèdes naturels pour se soigner par les plantes. Le grand-père herborisait à tout va, identifiait les plantes sauvages. Il ramassait, les conservait après séchage, et les bocaux s'alignaient sur des étagères dans son atelier. En fait, ce qui faisait sourire parfois ceux qui le voyaient arpenter sa campagne le nez au sol, ne se doutaient pas que le fruit de son expérience faisait de lui un véritable médecin phytothérapeute.

– L'avoine ma belle, viens donc.

Remède souverain contre la fatigue, riche en minéraux et protéines. Julia répliqua :

– Je suis endurante grand-père, soigne-moi seulement cette vilaine blessure qui m'écrase de douleur à chaque pas.

Tout en discutant, ils étaient arrivés à l'écurie où, un fumet délicieux aux narines de la petite les accueillit. Elle n'était pas très belle cette jument aubère à l'encolure de laquelle Julia se suspendit pourtant, la couvrant de baisers. L'intelligent animal répondait à ses caresses en se laissant faire, les yeux à demi clos. C'était doux, là, au bout du nez, tellement doux ! Quel âge avait-elle déjà ?

– Ton âge ma Julia. Treize belles années à me servir si on exclut les deux premières à grandir.

Le grand-père prit une ration d'avoine dans le coffre à grain, ce qui fit hennir la jument

– Ah non, ma belle, pas encore, ce n'est pas l'heure.

– Donne-lui en un peu.

La petite joignit le geste à la parole et apporta une poignée de grain sous le nez du cheval qui s'empressa de la happer.

– Ah ben ça !… désapprouva le vieux qui ne put en dire davantage.

Il repoussa quelques grains tombés au sol. Rien de mieux pour vous attirer les souris !

– Qui qu'tu vas faire avec cette avoine grand-père ?

Ils prirent ensemble le chemin de la maison. Dans la cuisine, ils retrouvèrent Léontine et Catherine. La grand-mère s'écria

– Eh bien, petite, je croyais que tu n'allais jamais venir voir ta mémé !

Julia s'empressa de l'embrasser avec effusion. Cette odeur caractéristique, mélange d'encaustique, de graisse qu'on appelle ici graillon et d'un reste d'effluve du dimanche : eau de Cologne, l'envahit. On ne pouvait pas dire que tout cela faisait chavirer les sens mais pour les filles, cela sentait l'enfance.

Arsène jeta sa poignée d'avoine dans une casserole d'eau et mit à bouillir. Léontine ne posa pas de question. Depuis toujours, il bouillottait tant de choses.

Après filtrage, il imbiberait quelque vieux chiffon propre et poserait encore chaud sur le pied douloureux.

La ferme des grands parents comptait sept hectares, tous ou presque en prés plantés de pommiers à cidre et à couteau, sans compter les deux que l'on réservait à la coupe de l'herbe à foin. Sous ces arbres tordus par la grâce de la nature, broutaient en permanence, hiver comme été, les six vaches normandes à lunettes, la vraie race aux paupières ourlées de blanc que le standard exige.

Chaque jour que Dieu fit, Arsène et Léontine trayaient ces belles deux fois par jour, marchant bon train aller retour plusieurs kilomètres dans l'herbe haute et mouillée pour aller les y chercher. Chaque traite rapportant douze à quinze litres s'alignant dans le contenu des bidons en fer blanc appelés dans ce coin de Normandie « châne à lait » que l'on transportait à bout de bras au bout de l'herbage.

Travail de forçat s'il en est et pourtant non décrié puisque les merveilleuses inventions à venir pour faciliter le travail ne sont pas venues. On ne souffre pas de ce que l'on ne connaît pas.

Léontine, grande pour sa génération, carrée comme un homme, ne se trouvait pas avantagée par ces atouts. Son homme notamment, inconsciemment peut-être, y laissant les charges lourdes au même titre que lui-même.

À la ferme de Gonneville donc, on faisait la crème, le beurre que certains habitués venaient chercher. Le reste étant descendu à la ville (Honfleur) pour y être vendu au marché du samedi.

Ce beurre jaune poussin ferait de nos jours la récompense des plus hautes tables gastronomiques.

Entre les mains de la grand-mère, le lait mousseux se transformait avec la lenteur de son temps. Crème remontant à la surface des pots de terre pour y être recueillie à l'écumoire, égouttée encore pour se retrouver enfin dans la baratte, tonneau renversé à l'intérieur duquel quatre palettes de bois étaient actionnées par le mouvement d'une manivelle. Dire pourquoi ce travail particulièrement pénible était dévolu aux paysannes, nul n'aurait pu y trouver réponse.

Ce qui se transformait petit à petit puis très rapidement à la fin en une masse compacte choquant les parois de la baratte, allait être récupéré, pressé, lavé à plusieurs eaux puis moulé à la main en petits pains ovales où perlaient encore la fraîcheur des gouttelettes d'eau.

Peut-être la réponse à la question posée ci-avant n'en était qu'à cette récompense ultime de la naissance d'un produit de grande qualité, de part la parcimonie que l'on y mettait à sa fabrication et le soin c'est-à-dire l'hygiène parfaite à chaque étape de sa transformation.

Ce qui était drôle en fait, n'était pas justement cette recherche du produit parfait, mais plutôt la conservation idéale qui ne manquait pas d'en découler puisque un beurre mal lavé a un goût de « sûr » comme on dit ici, c'est-à-dire rance.

Aller vendre un beurre rance, c'était voir s'éloigner les acheteurs définitivement et se parer d'une réputation de ferme sale.

Hormis les six vaches laitières, les ressources de la ferme comptaient chaque année sur la vente des veaux mâles, quelques génisses que l'on ne gardait pas pour le renouvellement du troupeau.

Il y avait encore l'âne « kéton » qu'on attelait pour les petits travaux internes (ramassage des chânes à lait au bout des rades, transport de tout) et enfin, la jument aubère appelée Coquine. Nom propre mais souvent commun aux fermes environnantes, si ce n'était Joyeuse, Câline ou Gamine.

Hormis les conditions de vie restées moyenâgeuses mais qu'on ne pouvait imaginer autre, la vie était chaleureuse et gaie à la ferme si ce n'était les heurts rares mais vifs qui éclataient de temps à autre chez les aïeuls. La faute à la grand-mère disait Arsène qui soi-disant ne pouvait décidément se conformer aux mœurs de son époque. « La femme soumise doit obéir à son mari. Elle n'a le droit que… de travailler. S'abstenir de penser pour ne pas frustrer l'homme qui décide ». Léontine répondait à cette usurpation intellectuelle par un grand éclat de rire et une face où brillaient deux yeux plissés de malice. Elle n'avait que faire de ces considérations machistes et finalement, ridiculisait le vieil homme en faisant montre d'une bonne dose de diplomatie facétieuse et s'imposait finalement très finement, ce qui préservait la dignité du fermier.

Les deux filles restèrent pour la soirée et vu l'heure tardive, ne repartiraient vers la ville que le lendemain matin.

Julia aida ses grands parents à la traite, les joues rouges du passage du froid qui devenait vif à la fournaise de la cheminée, cette dernière se nourrissant de bûches immenses. Il n'y avait rien à comprendre de cette disproportion des cheminées hautes et larges mais peu profondes et l'exiguïté des pièces. Contre toute attente, elle aurait dû fumer, ce qui n'était pas le cas.

Catherine profita sur la longue table de ce temps de solitude pour cristalliser son désir. Dans la semi-pénombre qui déjà s'installait, elle ébaucha quelques contours d'arbres sur un vieux chiffon du fourneau, cuit et recuit aux saveurs de thym, de laurier et de clou de girofle avec un morceau de tison refroidi. Triste recette d'artiste en vérité mais la jeune fille ne s'en attrista pas. Par la fenêtre à petits carreaux, l'objet de son étude balançait ses bras sous l'assaut du vent d'hiver. Elle figea en quelques traits ces mouvements, tirant de temps à autre sur le chiffon qui se plissait par endroit.

Elle regarda, jugea de l'effet puis pour finir, alla chercher une poignée de la terre du parterre de la grand-mère où l'été, fleurissaient les roses rouges qui montaient parfois jusqu'au toit de chaume.

« Pas mal » pensa-t-elle. Effectivement, la terre salissait le dessin et les troncs naissaient d'une certaine réalité. Elle trempa ses doigts dans le pot sur la table. Confiture d'abricot qui trempa le dessin sans vraiment y imprimer la couleur. Elle fit la moue. Pas concluant… Elle chercha encore quelques saisis lumineux, s'employant à des effets de lumière à la farine qu'elle délia d'un peu d'eau. Voyons, avec la confiture de mûre…

Bon, ça n'était pas très spectaculaire. Elle se prit à rire de sa propre audace. Tout cela était un véritable défi aux conventions de la peinture. Pourtant, à bien y regarder, toutes ces ombres brunes, naturelles comme la diffraction du soleil à travers une brume et rehaussées des petites taches farineuses captaient exactement la vibration de l'air hivernal.

Plus tard bien sûr, les petites s'étaient régalées du lard toujours disponible dans le pot en grès, des œufs à toutes les sauces même si le froid bouchait le cul des poules. Justement attablés, les grands parents et leurs petites-filles, une fête pour les premiers, un plaisir intense pour les deuxièmes, virent arriver le raisinet appelé ainsi parce qu'il semblait qu'il n'y avait qu'à lui appuyer sur le nez pour sortir le cid dru.

L'homme était violet d'ailleurs et cela n'était pas que le temps froid qui le « sanguinait ». L'appellation était impropre mais qu'importe. Du vin au cidre des campagnes, c'était bien de l'alcool.

– Ah bah dis donc disait Arsène, je parlais de té, il y a peu.

C'était le voisin limitrophe, celui-là même qui l'avait mis en colère parce que ça n'était pas son fort de rendre l'entraide.

– T'as ben encore la goule à l'envers à c't'heure continuait-il.

Hésitant, le nouvel arrivé dansait d'un pied sur l'autre.

– Assis té, ordonnait la grand-mère, ressentant d'instinct la gêne de l'autre. Voulait-il une goutte ?

L'odeur se mélangeait bien au souper des attablés, la maison en était imprégnée. Un peu douves de barriques, un peu bois pourri d'alcool. La pomme tout simplement.

Atmosphère précieuse que ces paysans discutant des travaux des champs. Entre temps, le grand-père n'y alla pas de main morte dans les allusions.

L'œil moitié repentant, moitié larmoyant, l'autre encaissant presque physiquement les reproches, courbait le dos d'un fardeau invisible de l'action mauvaise.

Pauvre raisinet souffrant d'une crise qui lui mettait la sueur au front à l'idée de poser ses fesses sur la chaise en paille. Comprenant la véritable raison de sa visite, Arsène cependant, déposa sa casquette à côté de l'assiette, admirable secret du paysan normand qui prit la main du souffreteux, et se mit à ânonner d'une voix rapide et inaudible. Il en allait de la confiance totale du confrère voisin offrant toute sa faiblesse et tous ses espoirs de guérison à cet *alter ego* plus savant et plus raisonnable que lui.

Il repartit avec dans la poche un marron de l'automne dernier, à garder toujous sur li et un sentiment fait d'un mélange de reconnaissance et de quelque chose qui le rendait penaud.

La grand-mère emmena les petites dans sa carriole normande le lendemain aux aurores, jour de marché. On y avait entassé le beurre moulé en pâtons et enveloppé chacun d'une feuille de chou, la crème blanche qui jaunirait bientôt de sa matière grasse. Quelques dizaines de litres de lait frais qui mousseraient à la cadence du trot du cheval et puis des panières remplies de pommes de terre nouvelles et d'autres de pommes à couteau rouge sang donnant à Catherine des idées neuves de futures toiles.

À Honfleur, la grand-mère s'installa sur la place Sainte-Catherine, près des marches et envoya les filles mettre le cheval à l'attache.

– Arrête ! Arrête-toi vite ! s'écria Catherine à Julia qui naturellement avait pris les guides. Elle sauta prestement, intimant l'ordre à sa cadette d'aller seule. Julia claqua de la langue.

– Allez Coquine !

Catherine était restée interdite devant l'éclairage nacré qui adoucissait les visages. Derrière la devanture du marchand de couleurs, les toiles exposées composaient une myriade de touches de couleurs presque incompréhensible et n'apparaissaient aux yeux des passants qu'à travers une facture illisible, d'un caractère fugace et divisé, comme autant d'études et non d'œuvres achevées.

Au pied des toiles, on avait cru bon éparpiller quelques tubes, pour certains ouverts, le bouchon gisant à côté, donnant peut-être l'illusion d'avoir été utilisés dans l'instant. Des brosses carrées ou rondes complétaient la nature, composant avec l'ensemble une vision que l'on avait voulue naturelle.

La jeune fille d'instinct, s'était éloignée de quelques pas, rendant la fraîcheur de l'impression visuelle qui devenait ainsi compréhensible : des personnages coupés, décentrés, au grand dam d'une tradition vieille de deux cents ans, une scène de vie se jouant en plein soleil, des fleuves, des cerisiers, des expressions sans limite, des absences d'horizon mais répétant l'inconstance du monde.

Devant ce rendu de sensations éphémères, Catherine avait porté la main à sa poitrine, immédiatement sensible. Cette lumière, oh ! Une éclosion de sève ! Pour elle, du sang en plus peut-être. Le visage en feu, elle restait là, interdite, sans ressentir la présence de l'homme derrière elle. Il l'observait, étonné de l'émoi de la jeune femme.

– Vous aimez cela ?

Catherine se retourna d'un bloc. Voyons, depuis quand était-il là celui-là ? Elle s'apprêtait à s'élancer, agrippant le côté de sa jupe mais il fut plus rapide cette fois et la retint par la manche.

– Oh non Mademoiselle, ne partez pas !….

Elle le regardait, hautaine, puis appuya son regard sur la main posée sur son bras.

– Lâchez ça !

– Pardon.

Ils restaient là, immobiles. Elle, drapée dans une dignité surfaite. Lui, scrutant le fond des prunelles bleues. Elle eut un léger frisson.

– Mademoiselle, je vous ai vue l'autre jour, sur le port et…

Comment lui dire… Quelque chose lui venait spontanément à l'esprit. Il la reprenait à nouveau par le bras, ayant peur qu'elle ne se sauve.

– Le lapis lazulli !

– ??

– Une pierre semi-précieuse d'Afghanistan. Les Vénitiens l'appelaient Oltramarino : « venue d'au-delà des mers ».

– … Il devint pour les peintres la plus belle et la plus chère couleur de leur palette !

Il eut un regard l'englobant toute.

– … Vous Mademoiselle, il déteint sur votre peau. Vous… vous ressemblez aux femmes bleues du désert.

En ample blouse noire, la jeune fille eut soudain conscience de son accoutrement. Cette étoffe laide, dévolue aux humbles, face à celui qui incarnait à ses yeux la bourgeoisie et son élégance empreinte d'austérité !

Oui elle le reconnaissait aussi, le jeune homme qui parlait si joliment de sa palette. Elle eut honte soudain, isolée dans cet inconfort qui sied si bien aux pauvres. Elle, l'orgueilleuse, la fière gamine aux dons précieux connus d'elle seule. Oh, oui, qu'il lui parle avec cet ample vocabulaire qui décrit les nuages, les mers vertes du XVe siècle ou de la robe de la Vierge d'un bleu éclatant !

Légèrement sur la droite par devers lui, elle le vit tout à coup, lui son père, revenant de la mer ou plutôt du partage des lots plus sûrement à cette heure, avec cette cuite qui fermentait déjà dans ce pauvre corps. Sans comprendre, alors qu'il croyait la conversation bien engagée, le peintre vit se défaire le beau visage de la jeune fille et se déliter la couleur de ses yeux comme une incarnation éphémère et versatile.

Catherine, soudain indifférente à l'homme, indifférente au monde, s'imagina la soirée compromise et les évacuants qui termineraient l'épisode de cette débâcle d'ivrogne.

Lui, ressentit très vite une tristesse navrée devant ce qu'il prit pour du mépris ou du dédain de cette sale gosse qui s'échappait encore au fond de la ruelle obscure, comme si cette noirceur pouvait la protéger en la dissimulant aux regards.

Elle posa sa petite œuvre contre le manteau de la cheminée et se coucha près de sa petite sœur qui dormait déjà. Elle entendait encore la furie de la mère puis un silence creux et vide qui donne de la vie à la mort. Longtemps, elle ressentit cette obscurité qui l'entourait tel un chaos que convoitent les esprits malfaisants. Elle mit très longtemps à lâcher prise et trouver enfin le sommeil. Elle rêva de taureaux et de chevaux noirs, d'un corps à même le sol, tête en terre, un prêtre qui officiait au milieu de personnages portant le deuil. Un enterrement ? Qui enterrait-on ? Quoi s'interrogeait-elle, se remémorant à son réveil cet effet de rayonnement solaire comme un sentiment bizarre. Un passage ? Une résurrection ?

Ses yeux se posèrent sur la petite œuvre qu'elle avait posée la veille sur le manteau de la cheminée. Qu'en restait-il en fait ? Les souris s'en étaient données à cœur joie. La confiture d'abricot, celle de mûre, le regret des effets de… la farine ? Elle prit la petite œuvre dans ses mains et regardait ses larmes s'écraser et faire des ricochets.

C'est ainsi que Julia se réveillant, la trouva. Elle la prit dans ses bras, elle la plus jeune pourtant, la berçant comme on le ferait d'un petit enfant, là, doucement, faisant entendre sa douce voix dans un chant à peine murmuré, pour lutter contre les puissances néfastes et la saleté d'une vie sans fond, laide et sans espoir.

8

Lettre d'Alfred Sisley (26 ans) à Claude Monet (25 ans)

Honfleur 15 novembre 1865

Mon bien cher Claude

Ah mon ami ! Si tu savais dans quel tourment je me tiens ! La vie est une folie qui me noie dans un perpétuel brouillard. Nulle part je ne trouve les vibrations, les effets de lumière et tout cela m'entoure pourtant…

Je suis à Honfleur, petite bourgade de pêcheurs sur la côte normande.

Si je pose mon chevalet au milieu de tout ce peuple, il me semble saisir l'instant qui marque tout son malheur. C'est à pleurer de guenilleux et de maudites « gueules » qui crachent sec le vieux tabac ou la chique brune. Ils sont buveurs, difformes dans les vareuses, grotesques et misérables fous car tous plus ou moins pourris de l'alcool de pommes qui coule à flot par ici.

C'est un monde plein de mystère et d'étrangeté pour moi. Mais comme les gosses sont beaux ! Il n'y a pas à leur donner des règles de vie. Ce sont des gens illettrés et personne sûrement pour leur dicter le bien du mal car ça traîne sur le quai du matin au soir. On croirait des chiens errants qui baguenaudent sans guère de but, sinon de parodier ce qu'ils seront plus tard, des ivrognes que je vois, assis sur le parapet toute la journée et qui crachent à ton passage.

« Pardon M'sieur, dame ! » quel culot !

Parmi tous ces anges, il en est une ! Ombre mélancolique au regard si poignant et d'une telle tristesse qu'elle s'évertue à cacher.

Mais je sais bien moi qu'elle est triste !

Sa beauté m'émeut Claude. Elle est parfaitement belle, tu comprends ça ?

Quelles forces, quels rêves, quel idéal a-t-elle ? C'est une fille du port. Qu'ai-je à voir dans sa vie ?

En attendant, je suis fou et ne pense qu'à la sentir, la rejeter ou l'aimer.

Ma peinture s'en ressent. Je ne crée rien de magique et je me fais l'effet d'être comme notre ami Eugène (Boudin) tu sais, cet homme qui cherche sans cesse la très grande liberté. Il respecte son silence intérieur et brise tout à peine achevé.

Pauvre homme que moi qui lutte pour survivre. J'ai la sensation que la nature m'est constamment hostile : l'envol des mouettes, les larges ailes, l'élan du vent et de la mer… Elle retient tout comme une statue de pierre et poursuit sa route dans les plis mouvementés de sa cape en laissant derrière elle, un sillage de grâce et de lumière.

Et moi, esseulé, je sens la présence de la mort et tout s'assombrit soudain avec le seul souvenir d'un visage qui ressemble à ces anges que l'on voit sur les tombes d'enfants dans les cimetières.

Ah c'est grotesque ! Et je peste contre ce triste état qui me détourne de mes chers paysages. Une inquiétude me ronge. Ne serais-je point malade ? Car mon âme est ailleurs.

La vie est liée au mystère de l'homme et ce mystère est infini.

Il me faut je le sens, revenir vite à ce qui me porte mais j'ai décidé : plus de dessins, plus de contours, seulement des couleurs qui se superposent. Je le sens précisément.

En est-il ainsi quand tu œuvres sur ton bateau-atelier ?

Je t'imagine cligner des yeux pour voir loin, par-dessus les éclats argentés de l'eau et jeter sur la toile, tes taches de couleur.

Mon Dieu, faites que je peigne à nouveau comme je le sens ! Voilà comme je le demande à la bonne Vierge de l'église Sainte-Catherine. (Curiosité à voir !)

Je te serre la main mon ami. À bientôt peut-être.

Alfred

9

Il venait de manger de la terre. Oui, de la terre ! Une pleine poignée qu'il s'était fourrée dans la bouche et la femme, témoin du geste du gosse en resta coi.

S'en approcher davantage eut été se faire reconnaître. Tout le monde se connaît dans les petites villes. Elle par contre l'avait bien reconnu. C'était le Louis, le dernier du René Marchal, elle en était sûre !

Mais quelle diablerie pensa-t-elle ! Eh bien, ils avaient bien besoin de ça, les Marchal, un gamin débile !

Pourtant, il avait l'air normal le petit. C'était même un bel enfant, un petit blondinet avec de très beaux yeux bleus. Bon, à bien y penser, ça n'aurait rien eu d'étonnant. Comment voulez-vous, avec un père qui ne décuite pas. Et puis, cette misère ! Ça vous met les gamins plus vieux que leur âge, ou bien à l'envers comme celui-ci ! C'est cette vie de chien qui les marque.

Ainsi pensait-elle la vieille femme qui montait la côte. Elle était presque arrivée au sommet. Là haut, sur la colline surplombant la ville, il y avait la petite chapelle de Grâce où elle se rendait une fois par semaine.

Personne jugée digne et reconnue pour sa grande piété, elle était elle-même là pour le rappeler aux autres.

Organiste et bourgeoise sur le déclin, autant d'âge que de bourse, elle conservait quelque savoir-faire qu'elle avait eu grand peine à maîtriser en fréquentant dans sa prime jeunesse, une vieille école de Rouen où des maîtres officiaient en grégorien.

La résonance du *Christus vinci* n'avait cours ici dans cette petite chapelle à la voûte plus que modeste. Elle se donnait donc l'autre mission, de pair pensait-elle et préparait la messe du samedi soir. L'autel d'abord avec ses aides-mémoire du canon de Pie V. « *In principio erat verbum* » citait-elle quand elle était assurée d'être seule. Saint Jean ! Elle l'aimait comme un vieil ami.

Elle nettoyait donc cet autel et s'imaginait une cache secrète et étroite en son centre où la relique d'un saint aurait pu être scellée. Dans son école de Rouen, les méandres de sa vieille mémoire lui rappelaient ses maîtres lui racontant cette tradition remontant aux temps des catacombes romaines sur les tombeaux des martyrs.

Elle prévoyait les torchères puisque la messe se disait le soir. Mais dans sa grande disposition aux choses religieuses, du sérieux donc ! Elle y voyait tout un symbolisme. Le Christ n'avait-il pas dit : « Je suis la lumière du monde » ?

Elle, la très pieuse, pensait prendre une longueur d'avance quand elle se mettait dans la bouche l'hostie de la sainte réserve. Elle n'avait jamais pensé que, non seulement ce pain sans levain n'était pas consacré et aurait pu donc être assimilé au pain brié des « péqueux » qu'ils emmenaient dans les barques, mais en plus, risiblement, elle prenait ça d'un ostensoir qui, au siècle de Louis XIV, avait pris la forme d'un soleil. Confusion à peine déguisée et très représentative d'un roi qui se veut le semblable de Dieu.

La messe se disait à 17 heures. Elle avait juste le temps d'arriver et vérifier que tout était bien en place. Comment ferait-on sans elle ? Elle se donnait l'importance des servants acolytes et regrettait fort de ne pouvoir servir la messe : essuyer les mains du prêtre avec le petit linge appelé « manuterge » lavé par ses soins, verser les burettes, allumer l'encensoir, tenir même le petit plateau aux mentons des gens pour la communion, ce qui aurait signifié pour elle un état particulier : la « choisie » parmi les siens. Elle savait tout donc, même les bonnes habitudes pour ne pas « brûler la chandelle par les deux bouts », c'est-à-dire ajouter l'eau au vin.

« Mettez plus de vin que d'eau ma bonne Mathilde » lui rappelait le prêtre bien inspiré.

La petite chapelle attendait sa venue comme chaque samedi soir. Quelques doigts dans le bénitier, le signe de la croix rapide et efficace et la petite génuflexion sans mettre genou à terre, automatisme et discipline appris de tout temps, elle fila à la sacristie préparer l'ornement du jour.

Ce tiroir qui ne s'ouvrait qu'avec peine… toujours le même ! Le bois avait gonflé sans doute. Il aurait fallu raboter les bords. Elle y mit quelque ardeur en râlant comme chaque fois, sortant une chasuble pour la poser à plat sur le dessus du meuble.

– Pauvre chasublier, vous lui menez la vie dure, ma brave Mathilde !

Elle le vit entrer, l'autre, ensoutané, souriant, débonnaire, légèrement cornard.

– Ah vous voilà mon père !

– Il faudrait bien réparer un jour cette vieille mécanique hors d'usage sinon on en ferait d'ici peu du petit bois pour allumer le feu.

Il sourit. Savait-elle que cette belle chose avait au moins trois cents ans d'âge ! Un meuble comme ça était loin d'être « cani » moisi en parlant du bois.

– Ça vieillira plus sûrement que moi continuait-il, essoufflé.

Cette côte lui demandait un effort de plus en plus difficile et il mettait un certain temps à retrouver un rythme normal de respiration.

– Dites Mathilde, corrigez-moi si je me trompe, le gosse tout seul sur la butte, est-il bien le fils de cétileur ?

L'homme très maniaque des horaires « c'est pas encore l'heure » droguiste de son état (on aime bien les surnoms dans la région).

La femme repassait de la main la chasuble impeccable en hochant négativement de la tête. Il n'y avait qu'à regarder la mise de l'enfant, un état miséreux, bien que propre. Un ravisé Le petit dernier de la famille Marchal, une famille de pêcheurs. Elle en était certaine. Un beau petit Louis… quel malheur !

– Il vous faudra ressortir vos ampoules de saintes huiles mon père

– Et pourquoi donc ma pauvre Mathilde ?

– L'huile des catéchumènes, voyons mon père !

– Mais elles servent aux baptêmes !

Dans un silence lourd et d'un visage que ne trahissait aucune émotion, l'habituée des ferventes prières répliqua :

– C'est aussi l'huile des infirmes utilisées pour le sacrement des malades.

Puis, insistant :

– Vous avez bien vu mon père que cet enfant n'est pas normal ?

L'homme ensoutané levait un sourcil. Allons bon ! Non, il n'avait rien remarqué de tel.

Mais s'intéresse t-on aux enfants quand on est prêtre si ce n'est ce petit troupeau en soutanes rouges et surplis frangés de dentelles, répartis de part et d'autre du chœur ?

Pas de soutane rouge pour ce p'tit gars. Il fait partie de ces élus de la mer, souvent contre leur gré. On les reconnaît parce qu'ils ont déjà ce pas chaloupé, ce teint bistre des enfants qui grandissent en plein air.

Celui-ci est magnifique. Ce teint justement lui sied à ravir à cause de ses yeux si bleus.

Le prêtre voit cela et ne peut s'empêcher de sourire à la beauté de l'enfant.

Cela l'étonne ce petit esseulé alors que l'on vit en bande à cet âge. C'est pour cela qu'il est venu s'asseoir un moment sur ce banc à côté de lui, face à la mer. Le petit, étonné, n'a pas bronché, ne s'est pas enfui non plus. Il a juste levé les yeux vers celui qui à présent ne sait que dire ; ça intimiderait presque l'adulte. Son instinct protecteur lui met le cœur en écharpe. Le drame du gosse, il le sent, le respire, le craint.

Le bréviaire est serré dans ses mains, ça l'arrange, lui donne une attitude, le silhouette en homme d'église.

– Tu ne devrais pas être à la mer ?

Voilà qu'il dit des sottises en plus et qu'il a la sensation d'avoir dressé un mur. Pourtant, l'enfant lui sourit et ne semble pas lui en tenir rigueur.

Face à cette fragilité, il ressent son embonpoint derrière la soutane. Voilà qu'il a un sentiment de honte !

Que reste-t-il de lui, banque d'expérience et de savoir, face à ce petit être qui sans avoir parlé encore, lui donne l'impression d'avoir cent ans d'âge.

– La pleine iau est à dix heures.

Il faut comprendre que « l'iau » c'est l'eau et ici l'eau c'est la mer. L'horaire se décline en douze heures et non en vingt quatre. 22 heures devient donc 10 heures du soir en jargon local.

Derrière ce parler populaire, l'homme de Dieu se dit que cette nuit, il la passera dans son lit, tandis que ce petit…

– Cela fait longtemps que tu navigues ? Tu navigues avec ton père ? Tu aimes la mer ?

Il n'a pas l'air idiot se dit le prêtre puisqu'il répond à toutes les questions. C'est très vague mais il répond.

Oui, il navigue avec son père. Depuis quand, il ne sait pas. Que représente le repère-temps pour lui ? Quant à la mer…

Oh, il lui semble voir s'éteindre une lumière et le petit visage se teindre de grisaille. Ah voilà donc ! Il a mis le doigt sur la faille. Cet enfant n'est pas naïf, pas apeuré et c'est cela qui le choque parce que cette acceptation qui le tue est clairement posée comme un sacrifice.

L'enfant regarde cette mer qui se reflète dans ses yeux. Ennemie parce que signe de dureté. Portion congrue qui dévore toute sa petite vie déjà, même s'il se donne la bonne conscience de ne pas décevoir. On naît marin et il n'y a pas à choisir. C'est comme ça.

Depuis le temps qu'il « curetone », l'homme en soutane a pris du galon et perdu ses complexes et sa timidité. Il est mûr pour ce qui est de sa vertu. Il pense avoir l'inclination de l'âme qui le porte à faire le bien. Il se sait prudent et se donne les moyens pour assurer son salut et aller au ciel. Et rendre justice aussi, au même titre que la sainteté. Le juste n'est-il pas un saint ? Il est fort de cette force chrétienne en une vertu morale qui lui a fait supporter sa vie durant, toutes les adversités et remplir tous ses devoirs que sa foi lui impose.

Mais qu'en est-il des adversités, en a-t-il eu vraiment ? La vie a été douce pour lui. Être prêtre est plutôt confortable.

À côté de ce petit être qui débute sa vie et qui déjà en souffre, car il en est assuré, ce petit souffre, il devient humble.

– Tu n'aimes pas la mer n'est-ce pas ?

Le petit a une moue imprécise. Il la trouve sauvage et brutale. Elle est dure avec lui puisqu'elle le rend malade. Mais comment le dire puisque dans sa famille, on n'exprime pas ses sentiments. Ses faiblesses non plus. Ce serait comme s'arracher un bras.

– Elle est pas bonne, dit-il simplement.

– Bonne comme quoi, comme la terre ?

L'enfant montre l'arbre qui lui paraît immense et qui a poussé près du banc. Ce disant, il prend une poignée au sol et laisse la terre filer entre ses doigts.

– C'est drôle comme elle fait tout pousser !

Le prêtre regarde l'enfant, les yeux rétrécis.

– La terre, tu la trouves bonne… au point de la manger ?

L'éclat de rire est frais comme le bon pain. Il réchauffe soudain l'homme de Dieu et rend un peu de l'enfance au petit.

– Ça se mange pas la terre ! dit-il si net que cette fois, le curé n'a plus aucun doute.

Pourtant, la vieille Mathilde n'a pas menti. Si elle le dit, c'est que c'est vrai. Mentir pour elle serait inconcevable tant elle est imprégnée des choses, du Très-Haut et éloignée des vices de Satan. Toute sa vie elle a dû se surveiller.

Le gosse s'est levé du banc. Il arpente les quelques centiares qui s'étendent autour de la chapelle, le nez collé au sol. Soudain, un petit cri de victoire

– Tenez, monsieur le curé, s'écrie t-il, en vl'a un encore !

Il revient courant, avec à la main, un des derniers petits rosés qui poussera de l'automne.

– J'en ai trouvé un, énorme tout à l'heure. C'est bon continue t-il, vous voulez goûter ?

Il tend le champignon.

– … Vous pouvez manger cru, je cré bien que c'est encore meilleur !

Il montre les spores, là, dessous le chapeau et explique de sa jeune science que « plus c'est vieux, plus c'est noir mais qu'en fait, ça a plus de goût »

Le soulagement du curé serait presque palpable. Non, ce petit n'est pas fou. Il serait même intelligent pense t-il. Puis, soudain, revenant à ses sources :

– Et ta communion, quand la feras-tu si tu ne viens pas à l'église ? Car je ne t'y vois guère, n'est-ce pas Louis ?

Le petit bonhomme vient de reprendre sa place sur ce banc, toute joie tombée. Le vent fraîchit. Machinalement, l'enfant scrute loin devant, cet avenir qui lui tord le cœur. Il croit ressentir les mouvements à venir de cette barque folle dans laquelle il s'embarquera tout à l'heure. La question du vieil homme s'envole avec une hypothétique réponse.

Pas d'église pour Louis. Les marées ne se calquent pas sur les horaires de messes. Neuf fois sur dix, il manquerait l'homélie. Pourtant, même son père aimerait y assister. Son père est un saint homme.

Le prêtre a un sursaut qu'il réprime pour ne pas blesser l'enfant. Comment ?, le père Marchal, un saint homme ? Ce pêcheur de crevettes est comme ses pairs, oublieux de la tempérance, cette vertu morale qui règle les appétits sensuels conformément à la raison et à la loi de Dieu. Ce don chrétien qui interdit les plaisirs coupables. La sobriété n'en fait-elle pas partie ? Son vice opposé est bien l'ivrognerie. Ah mon Dieu !

– Mon père est un saint homme insiste le gamin, hautain tout à coup comme pour défendre de ses jeunes forces celui qu'il adule.

Le prêtre met la main sur le genou de l'enfant, s'approchant davantage. Geste protecteur ? Mais qui dérange le gamin qui se dégage et se lève brutalement.

Dans sa course, il pleure. C'est venu soudain, ses larmes brûlantes qui brouillent tout Il crie dans sa tête, ça hurle au dedans… son père a vu la Vierge, son père a vu la Vierge…

Resté seul sur le banc, le curé regarde le petit tas noirci qu'il reconnaît être le petit champignon broyé. Il se lève et dans le dos du petit qui est loin déjà, il crie contre le vent :

– Reviens me voir Louis !

Puis, sans comprendre lui-même pourquoi, il met les mains en porte-voix et ajoute :

– … Je t'apprendrai à lire !

10

Cela y était, cette fois, c'était l'hiver. Le vrai, l'installé. Pas de ces quelques jours qui font leur apparition et qui font dire : Oh ! Ça sent le froid qui arrive !

Tout semblait dur. Pas seulement le travail mais les choses inanimées comme si elles se recroquevillaient sur elles-mêmes : les trottoirs, les pavés de rue, les lampadaires à huile.

Les bateaux, même, semblaient moins pimpants comme s'ils perdaient un peu de leurs couleurs. Le clapotis dans le port amenait sur les bords, une eau épaisse et sale. Même l'odeur de la marée se faisait plus discrète, emportée quelque part au large, sur les ailes des mouettes. Ces folles, crieuses, image animée des ciels d'Honfleur, ne riaient plus. Elles se contentaient de raser cette eau presque saumâtre.

Les ardoises sur les murs des maisons se jouaient de leurs reflets, tantôt mouillées et brillantes, tantôt mates et glacées.

Il fallut bien se résoudre à fourrer de paille les sabots de bois sous peine d'avoir les pieds gelés. Cela n'était guère esthétique mais qui cela gênait-il si ce n'était Catherine qui avait peur de faire une rencontre désastreuse ?

On en arrivait à espérer la neige car elle adoucirait le temps. En attendant, elle semblait suspendue au-dessus des têtes dans ce ciel plombé et sans couleur et glaçait les épaules sous les fichus.

La mère courbait l'échine à l'encoignure de la rue, se frottant les mains mouillées derrière sa carriole des quatre saisons, où gelaient quelques carrelets que l'on ne distinguait plus des limandes. La crevette se faisait rare et les bateaux commencèrent à s'ennuyer en se frottant épaule à épaule à l'amarrage dans le port, engourdis eux aussi comme les gens, le ciel et la lune. Les pêcheurs inoccupés prenaient racine, dansant d'un pied sur l'autre en soufflant dans leurs mains.

Que faisaient-ils ici rassemblés sur ce quai désert qu'ils ne pouvaient quitter, surveillant leur barque figée comme il en aurait été d'un enfant malade ou impossibilité quasi physique de s'éloigner de ce gagne-pain comme reliés à un fil invisible ?

Louis respirait un peu mieux par ces temps chômés et son haleine envoyait des bouffées profondes de soulagement même si cela n'était qu'une trêve.

Julia courait les monts et les vaux, insensible au froid malgré ses joues rougies. Elle récupérait quelques pitances ici ou là, des rognures de vieilles carnes qu'elle quémandait aux bouchers et redistribuait en une manne providentielle à quelques corniauds magnifiques qui du coup, ne cessaient plus de la suivre.

Seule de la fratrie Marchal, Catherine éprouvait une langueur, un désintérêt amer pour cette période qui lui volait ses chères couleurs. Lumière, peinture, amitié, elle n'avait rien.

Elle sortait parfois, seule, mystérieuse, dans les matins roses et glacés, vers la plage et marchait à pas comptés, réfléchissant sur ce paysage où il aurait été difficile de dire où s'arrête la terre et ou commence l'eau.

11

Le peintre, sur la petite colline dominant la plage, peignait sa deuxième toile du même sujet. Même dimension, même sujet, cependant pas totalement identique en couleur. L'acuité de son regard captait la lumière changeante de la mer et c'était magique ces centaines de minuscules touches de peinture, horizontales ou verticales, qu'il appliquait, légères, douces, puis fermes et violentes.

Ah, ce reflet sous l'épaisseur visible de la couche qu'il venait de jeter, comme ça, d'un trait, c'était du grand art !

Était-ce lui vraiment l'auteur de cette création, de cette richesse qui prenait corps, là, sous ses yeux ébahis ? Il avait la sensation d'en être le seul témoin. Sa main ferme s'animait de mouvements irréguliers. Elle vivait sa propre vie, recréant un décor inépuisable.

Sa spontanéité fixait sur la toile ce petit trait noir qu'il voyait tout là-bas, au loin. Qu'était-ce ? Il n'en avait cure. C'était là, présent sur la plage. Cela le serait donc sur la toile.

Sur la palette en bois où seul le pouce dépassait et qu'il couvrait de couleur dans sa rage de peindre, celle qui lui mettait les sens à l'envers pour trouver dans l'instant le ton exact, il ne choisissait rien. Les couleurs venaient à lui, offertes et vulnérables, car jamais elles n'étaient primaires. Les mélanges se faisaient d'eux-mêmes.

Ce ciel qui naissait était à tomber par terre. Expression toute faite et pourtant, le sien était bien accroché, à sa place sur le haut du tableau.

Baudelaire, mais oui, c'était bien lui, errant, véhément, arrivait derrière lui, le faisant sursauter, se jetait dans des abîmes d'admiration.

– Quel panorama n'est-ce pas, J'avais une telle envie de venir vous admirer ! Je vous ai vu de ma fenêtre.

Eh oui, lui aussi ne résistait pas aux charmes de la ferme Saint-Siméon. Il y passait quelque fois prendre un bol de cidre et mêler de sa superbe, les temps enchantés où l'on discourait peinture bien sûr mais aussi littérature. Les deux se mariaient fort bien.

Cette mer basse, nue, balayée par les vents du large, cette présence vivante sur cette petite toile lui inspirait d'emblée les vers de Victor :

Et sur la mer qui reflète
l'aube au sourire d'émail
La bruyère violette
Met au vieux mont un camail

Afin qu'il puisse à l'abîme
Qu'il contient et qu'il bénit
Dire sa messe sublime
Sous sa mitre de granit.

Le peintre le regarda en souriant. Il s'étonnait de cette faconde, toujours déclamant les vers ou les proses. Puis, inspectant le visage du poète, il lui sembla y discerner quelques ombres malheureuses.

– Vous êtes bien, Charles ? (il voulait dire vous sentez-vous bien)

L'autre eut un petit soupir amer. Aurait-il pu lui mentir, à lui le peintre au regard acéré qui savait scruter les moindres détails de cette vie changeante. Que n'eut-il pas vu ces cernes profondes, cette parésie qui limitait ses mouvements, non qu'il en fût économe mais à l'évidence, il souffrait d'une diminution de sa force musculaire. Et puis, comble de malheur pour un poète, ce trouble de l'articulation, témoin de l'atteinte du système nerveux central qu'en vérité il ne pouvait plus cacher.

Se savait-il condamné ? se demandait le peintre. La vie est-elle si forte qu'il était capable de décrier « je suis mort » comme un monde sans couleur alors qu'il brûlait d'une âme vivante, pleine et ronde, du désir de vivre encore un peu.

– Ces variations de couleur sont un pur bonheur !

S'approchant davantage, il désignait du bout du doigt, presque à toucher la peinture.

– Nyx : déesse du chaos qui personnifie la nuit et l'obscurité primordiale, récita-t-il

Allons bon se disait Sisley. Avait-il introduit à son insu la mère des furies, un symbole de mort ? Oh, tout le tableau en serait gâté !

Lui qui voulait plus que tout peindre la vie, la vitalité, la source fraîche de la vigueur automnale.

Il a l'impression d'une trahison. D'instinct, il relève la tête, plonge son regard très loin, là où la silhouette sombre s'est déplacée encore un peu jusqu'à se fondre dans un brouillard d'eau pâle.

Humblement, il prend le chiffon, tout prêt à essuyer cette marque noire, cette couleur menaçante du pêché, de l'enfer ou du diable.

Mais le philosophe lui prend le bras. Il n'est pas question qu'il soit l'instigateur d'un changement quelconque au tableau. Son âme noircie par la dépression lui fait dire des choses horribles, contre son gré. Lutter contre cette puissance néfaste est une guerre sans merci et lui absorbe une énergie folle. Pourtant, Sisley insiste :

– Vous avez raison, Charles. On ne voit plus que ça. On dirait un tatouage indélébile qui incarne l'austérité.

Tout le paysage en devenait invisible aux yeux de la marque noire.

Alors Baudelaire se saisit du chiffon qu'il envoya valser le long des roches qui plus loin s'étageaient vers la mer et le peintre eut un réflexe inutile pour le rattraper.

– Malheureux, n'y touchez pas !

C'était une initiation ! Un symbole de mort oui, mais pour renaître à la vie.

– … Vous avez peint le renouveau Sisley !

Nyx, cette déesse de la mythologie gréco-romaine avait aussi donné vie à la mort.

S'imaginait-il une vie perpétuelle ? Quelle horreur ! Sa vie allait changer, il en était assuré.

– … Vous allez renaître mon vieux, vous allez renaître !…

Ses derniers mots s'évaporèrent dans le vent et dans le dos du philosophe qui déjà s'éloignait et devenait cette longue silhouette maigre.

Le peintre se disait que son ami parlait décidément trop de la mort. Il eut à ce moment la certitude qu'il ne ferait pas de vieux os.

Il se gratta la tête, vidé de ce funeste présage et de sa substance créative. Il se retourna vers son tableau qui déjà séchait sous la brise marine.

Plus l'envie… plus rien en fait. C'était trop tard pour la magie.

Il se rendit compte soudain qu'il avait faim, qu'il se faisait tard. La silhouette brune sur la plage avait disparu.

Il reboucha ses tubes, plia son chevalet, n'essaya pas de rattraper son chiffon qui au loin, sursautait comme une petite voile et prit sans plus de pensée le chemin du retour vers l'auberge de la mère Toutain. La petite toile fixée par les molettes du chevalet, vivant déjà sa propre vie. Et lui, peintre innocent, ne sachant pas qu'il y avait fixé à son insu, l'objet de son amour.

12

L'abbé Conrad achevait ses ablutions. Il y mettait quelques soins par habitude et parce qu'il se faisait fort d'être présentable. Il ne serait pas sans rencontrer quelques âmes prêtes à tous les commérages. Et il ne serait pas dit non plus que le curé de Honfleur ne vaille pas celui du village voisin : le beau et très jeune abbé Liard.

Il enfila une soutane, vissa son chapeau sur la tête. Même si le temps ce matin était clair, le soleil bien présent, on en était pas moins en novembre. Il jugea prudent de glisser sur ses épaules la pelisse de l'entrée. Il sortit du presbytère et prit le bâton. Lui non plus ne serait pas inutile. Cinq kilomètres et pour finir, cette montée qui était sacrément raide. Il fallait avoir les genoux solides et les tendons secs.

Il mit quelque temps à gravir le chemin, pria, chantonna et aperçut bientôt le toit de l'église de Gonneville-sur-Honfleur puis celui du presbytère.

– Ohé !

Perché sur une échelle, l'abbé de ladite paroisse achevait une réparation d'ardoises.

– Salut l'ami, je descends de suite vous donner le bonjour.

– Faites, faites l'abbé ; ça s'installe je vois !

– Eh oui et ce n'est pas du luxe !

Le jeune prêtre descendit de son perchoir et les deux hommes se donnèrent l'accolade.

– Ah Gonneville, quel nid d'aigle mais quel beau village rural ! reprit l'abbé Conrad.

– Un village très radical ! Les ruraux justement se vengent du pouvoir de la religion !

– Il n'est toujours pas votre ami, monsieur le maire, je vois ?

– Comme beaucoup ici, maire mais également paysan, c'est peu vous dire !

Le jeune abbé se mit à rire.

– Je ris mais dans le fond je suis furieux !

Dans quel état épouvantable avait-il trouvé le presbytère. Heureusement, il y avait de braves personnes. Cette Antoinette était une sainte femme. Elle l'avait accueilli les bras ouverts car même avec beaucoup de courage, il n'aurait pu y loger.

Ce n'était pas de l'abandon, c'était de l'acharnement !

– Tout le faîtage est réparé. Me restent quelques trous à boucher près des gargouilles mais je vais manquer d'ardoises.

L'abbé Conrad de Honfleur hocha la tête. Peut-être quelques bonnes âmes ?…

– Et je ne vous parle pas de la maison de notre Seigneur. Sainte Vierge ! J'ai peur qu'elle ne prenne la toiture sur la tête. Et mes fidèles également. Je vais célébrer l'office les yeux rivés au plafond.

Il achevait de s'épousseter puis releva la tête.

– … Je crois que je n'hésiterai pas dans mon prochain sermon à demander aux dames de la paroisse d'infléchir la pensée de leur époux.

– Infléchir vers quoi mon bon ?

– Mais vers une charité plus chrétienne !

Leurs veaux, leurs vaches, leurs cochons ! Étaient-ce leur seule source de préoccupation ? S'imaginaient-ils ces paysans qu'il existait autre chose que leur tas de fumier, que leur champ de betterave, que leur cave ? Ah cette satanée cave ! Pas un qui n'en ressortait droit ! Comment alors avoir de saintes pensées !

Le curé honfleurais eut une moue presque comique

– Avouez, cher ami, vous dévolu à une commune rurale, qu'avec des idées pareilles, vous êtes à votre endroit également réactionnaire ! Cette prise de position risque fort de n'être pas du goût de vos ouailles !

Liard fit un geste évasif qui servit de réponse. Il entraîna son acolyte.

– Venez mon ami que je vous montre mes travaux. L'intérieur a retrouvé un peu de dignité.

– Vous avez chassé vos poules ? rit l'autre.

– Car oui, même les poules n'avaient pas respecté les lieux. Elles y avaient trouvé l'endroit propice à leur picorement. Partout des fientes, quelques œufs pourris. Tout à nettoyer, à laver, à repeindre.

L'abbé de Gonneville fit entrer Conrad qui eut dès l'entrée un regard admiratif.

– Effectivement cela a bien changé.

– Voyez reprenait l'autre, j'ai éclairci un peu partout.

Ces lugubres demeures ajoutaient aux esprits sombres. Liard y avait fait entrer la lumière.

– Vous êtes un homme moderne je vois.

– Je suis surtout pour la vie !

La vie, la lumière, l'ouverture aux autres en quelque sorte. Un curé se devait corps et âme à ses ouailles. Il se pourrait qu'il en reçoive chez lui de temps à autre. Il était pour l'ouverture d'esprit. Échanger faisait partie de ses attributions. Guider les esprits simples, donner force et courage dans la foi. Il se faisait fort de ramener dans le droit chemin son troupeau égaré.

– Et pour l'intendance, avez-vous trouvé quelqu'un ?

Liard eut un sourire radieux qui n'échappa pas à l'abbé Honfleurais. Oui il avait trouvé quelqu'un. Cela le mettait en joie assurément.

– Une jeune personne s'est mandée à moi.

Il se devait de raconter. Elle s'était présentée spontanément. Disait venir de Honfleur précisément. Une gosse pleine de vie, vive, gaie, chantante, rayonnante.

– Comme vous me la décrivez avec véhémence ! N'avez-vous peur de faire jaser ?

Conrad considérait son ami d'un air perplexe.

Liard, le si beau, si jeune et nouveau curé de la paroisse qui mettait très sûrement en émoi secrètement quelques femmes du village.

– Je ne suis pas manichéen mon cher, même si je crois à la coexistence des deux principes opposés du bien et du mal.

– Vous êtes bien jeune mon bon, ne put s'empêcher de répondre le vieux curé. Enfin, c'est vous qui savez !

Effectivement. Il avait foi en sa religion et son sacerdoce.

Tout en devisant, les deux hommes avaient pris le chemin de l'église, dépassé le porche. La porte s'ouvrit dans un suave grincement. Il faisait à l'intérieur un froid de vieilles pierres.

– Joli pavage !

– Plus joli en effet que ce pauvre toit pourri.

La brillance de ce damier noir et blanc en revenait à cette Antoinette qui habitait non loin de l'église et qui semblait ne vivre que pour cette dernière. Le vieux curé continuait :

– Voici donc ce que vous vouliez me montrer. Comment appelez-vous ce chemin de croix ?

– Dextrogyre répondit Liard

Un chemin de croix dextrogyre puisqu'il tournait de la gauche vers la droite.

– En effet c'est très curieux !

Si l'on cherchait bien, on y verrait bien des signes maçonniques. En fait, l'église en était bourrée. Du reste, ce chemin de croix n'était pas unique. Dans une autre proportion, il existait également dans la cathédrale de Perpignan.

– Même sculpteur je crois, un dénommé Giscard. Incroyable non ?

Le curé honfleurais s'était approché, tentant un déchiffrage. Son jeune acolyte récita ce qu'il connaissait déjà par cœur :

« *Christus aomps defendit* » (traduction : *Antiqus ordo mysticusque prioratus sionis*).

L'abbé Conrad siffla doucement entre ses dents. Liard fit une petite moue qui se voulait le reflet de sa modestie

– Vous savez, rien n'est inventé. Cette inscription se trouve également à Rome

– À Rome ?

– Sur l'obélisque du pape Sixte Quint sous la forme :

« *Christus ab omni malo populum suam defindit* »... En fait « Le Christ protège son peuple de tout mal ». Rien d'étonnant à cela n'est-ce pas ?

Le curé de Honfleur considérait le jeune Liard avec admiration. Quel érudit ! pensait-il. Que faisaient donc les ordonnateurs pour l'avoir ainsi placé à cet endroit isolé, perdu, sans grande possibilité d'évolution ? Comment comprendre ?

– Puisque vous êtes là mon bon et que nous sommes seuls, auriez-vous quelque intérêt à ouïr mon premier sermon ?

– ... Asseyez-vous je vous prie. Je monte en chaire. Je pense faire mon petit effet !

Effectivement, le jeune prêtre prit place là-haut après avoir gravi de ses jambes pleines de jeunesse la volée de marches pendant que le vieux curé s'exécutait en posant ses fesses sur un des bancs qui exhalait l'odeur d'encaustique mêlée à l'ancien encensement.

Un moment, le jeune curé s'emplit de satisfaction, dominant l'assemblée dont par avance il devinait l'intérêt. Maître chez lui !

Le sermon avait commencé normalement :

« Montrons-nous en toutes choses les ministres de Dieu ! (La voix résonnait de la chaire, claire, puissante).

En ce temps-là, Jésus disait aux scribes et aux pharisiens :

Malheur à vous qui bâtissez des tombeaux aux prophètes. La sagesse de Dieu a dit, je leur enverrai des apôtres, ils tueront les uns, persécuteront les autres car il leur sera demandé compte à cette génération du sang versé, depuis le sang d'Abel jusqu'au sang de Zaccharie »

Le vieux prêtre écoutait sans démonstration d'émotion. Peut-être sommeillait-il intelligemment, sans le montrer. On aurait pu croire qu'il priait. Et l'autre de continuer :

« … Malheur à vous, hommes du pouvoir des hommes, gens de peu de foi.

Accordez seigneur à votre peuple égaré, avec le secours de notre très sainte Vierge, la grâce d'insuffler dans les maisons la lumière et la raison pour te servir dignement

Par Jésus le Christ notre Sauveur, amen. »

Il y eut un silence. Le vieil homme regardait le jeune curé, satisfait de lui-même, attendant dans son sourire une approbation qui tardait à venir.

– Alors ? insistait-il.

Le vieil homme se frotta le menton. Comment lui dire ? Il lâcha brutalement

– Vous êtes un jeune coq. Vos paroissiens vont se faire un plaisir de vous déplumer.

Liard effaça son sourire comme on enlèverait un masque

– Que dites-vous ?

Il disait le vieux prêtre qui avait dépassé soixante-dix ans et plus de quarante-cinq ans de prêtrise que cette chaire, loin de permettre l'entendement, éloignait l'homme de Dieu de ses ouailles. Que ce langage symbolique, tout sauf obscur allait sauter à la tête des plus finauds à commencer par le maire.

– Que croyez-vous Liard, que parce qu'ils sont paysans, ils ne comprendront à demi-mots les reproches déguisés ?

Et lui, petit curé fraîchement sorti de son séminaire savant, ne pouvait-il comprendre l'inquiétude justifiée de ce peuple rural face à son avenir ?

– La vie est rude ici Liard. Il va vous falloir vous mettre à la page. Votre bagage est efficace pour exister à travers votre ego mais il est bien mal ficelé face à la souffrance d'autrui.

Eh bien ça alors ! s'étonna le jeune curé en descendant du ciel. Il prit le temps de fermer la porte de la chaire tandis que ses pieds se posaient lourdement sur les marches. Bon, il lui fallait réviser son jugement. Ce vieil homme d'église n'était pas si sot après tout. Mais quel coup porté à son orgueil ! Tout son être en frémissait.

Le curé d'Honfleur le laissa revenir à lui, conscient que son coup avait porté. Il ne s'en laisserait pas conter.

– Vous savez, vous, de quoi demain sera fait pour ces pauvres gens ?

Il suffisait de rien. Du mauvais temps, d'une germination impossible, de bêtes malades, d'un cheval mort.

– … Oui Liard, un cheval mort peut ruiner d'un coup toute une famille et l'amener à la disette.

Les deux hommes firent machinalement quelques pas. Il n'y avait plus rien à dire pour Conrad. Le jeune suivait, ravalant sa blessure. Soudain, le vieil homme se détourna face au mur.

– Voyez Liard ce décorum ?

Parce que, ce que l'on voyait apparaître comme un morceau de peinture crayeuse criait d'une obsolète présence.

– … Le progrès comme l'on dit maintenant, a fait recouvrir des merveilles. Enlevez donc tout ce plâtras. Il se pourrait que vous ayez des surprises.

Le jeune curé eut un sursaut.

– C'est drôle ce que vous me dites. C'est justement ce qui semblait intéresser cette jeune personne qui habite votre ville.

– … Vous voulez de l'argent n'est-ce pas ?

Qu'il fasse reconnaître cette église comme une œuvre d'art. Entraînant lui-même le jeune curé, il fit encore quelques pas, admira la voûte céleste du plafond et s'effaça pour le laisser sortir.

Lançant un dernier coup d'œil à l'ensemble, le vieux curé honfleurais murmura avant de refermer la porte de l'église :

– Cet endroit hurle dans son silence !

13

Catherine n'avait d'autre ambition que celle de prier en ce jour de la Sainte-Sidoine.

Un jour comme les autres jours d'hiver, morne et creux où il n'y a rien d'autre à faire que de rester en vie.

C'était si pesant cette atmosphère parce que le père sans travail, traînait sur le port et que de cet état, il en allait d'une désolation familiale. L'alcool bien sûr, cette chienne d'addiction qui faisait tout s'écrouler dans un trou noir sans fond.

Rester à la maison vous empoignait au corps et vous vidait de votre substance vitale.

La mère, le visage fermé à juste raison d'ailleurs, ne trouvait aucune compensation de ses enfants. Elle les houspillait, mauvaise, incapable du moindre discernement et c'était son malheur qui imprégnait l'atmosphère de la maison et la rendait irrespirable.

Quoi de mieux à faire que d'en vouloir sortir ? Mais pour aller où ?

L'idée lui était venue de rendre visite à ses grands-parents et elle prit le chemin de Gonneville. Cette fois, elle n'eut pas la chance de les y trouver. La maison fermée refusait l'hospitalité. Quand on était paysan et que l'on se déplaçait toute une journée, c'était certainement pour une cause importante. Ils ne reviendraient sous doute que le soir à la nuit tombante. Traite des vaches oblige.

En attendant, Catherine considérait les volets clos, incapable de savoir ce qu'elle ferait de cette plate journée.

Elle ne sut pas pourquoi elle eut envie soudain de se rendre dans cette église Saint-Martin, nichée tout là-bas au bout de cette allée d'arbres séculaires. Cadre bucolique s'il en est mais qui, dans ces mornes journées de début d'hiver, prenait un aspect désolant, humide et sans vie. L'église ne lui en parut que plus accueillante avec ses pierres en travertin d'une blancheur remarquable, lavée et relavée par les pluies discontinues.

Comme il en est des portes des églises, celle-ci grinça lourdement sur ses gonds et ce grincement résonna jusqu'au cœur.

Maintenant, prier. Mais pour qui, pourquoi ? La jeune femme restait là, les yeux dans le vague, vague à l'âme, vide dans son âme quand la vie vous malmène et réclame une trêve. Et c'est de ce regard vide qui glissait sans rien voir sur le transept en calcaire de grain fin où depuis le XIVe siècle, on y avait sculpté délicieusement un oiseau béquetant des grains de raisin, un lapin, un personnage grotesque. Plus loin sur les chapiteaux ornés de crossettes et de feuilles sculptées, là ou le calcaire semblait plus tendre encore, deux chimères supportant une tête de femme, de ce regard donc, si tristement malheureux, son esprit accrocha un menu détail. Si menu qu'elle le considéra longuement sans bouger.

Du mur méridional de la nef, une fissure laissait entrevoir un morceau sépia. Couleur curieuse qui n'aurait jamais dû s'y trouver. Elle se laissa glisser le long du banc et vint gratter du bout de l'ongle le plâtre fissuré qui cependant résistait fort joliment.

Elle se leva presque brutalement, quitta le banc et se mit à examiner le mur dans son ensemble. Toute la nef en fait était envahie par le champignon. Il aurait fallu entreprendre un décapage. Elle était certaine que cette odeur de moisi, cette odeur de muraille froide, était du salpêtre. À bien y regarder, elle en trouva trace partout. Il avait phagocyté les moindres interstices, les moindres replis de la pierre. Elle posa sa main là et puis là. Ici encore.

Le presbytère entouré de trèfles et borné du côté ouest par le cimetière, n'était séparé d'aucun mur. Elle eut vite franchi l'espace pour taper à la porte du curé.

L'explication qu'elle donna fit sourire l'homme en soutane tant elle y mit de l'empressement.

Elle se proposait donc de tout nettoyer, rendre aux murs de l'église leur aspect d'origine.

Ce qu'elle ne dit pas, c'est qu'elle n'envisageait pas seulement un nettoyage aussi décapant fût-il, mais d'attaquer au burin la couche opaque de plâtre qui recouvrait l'ensemble.

Étonné, le curé écoutait la jeune fille volubile, heureux de cette aubaine et de cette main d'œuvre bon marché qu'elle offrait sans contrepartie si ce n'était un morceau de pain et de fromage, ce qui lui éviterait de perdre du temps dans les allées et venues puisqu'elle habitait Honfleur.

Jamais proposition si folle ne lui avait été faite et l'homme de Dieu se mit à détailler la jeune personne avec intérêt, certain qu'elle devait connaître quelque repentir ou vœux à payer.

Accord fut pris dans la foulée pour débuter les travaux dès potron-minet quelques jours plus tard puisqu'elle y montrait tant d'impatience. À elle de laisser propre chaque soir pour les offices.

L'instinct de la jeune femme était bien proportionné à son talent d'artiste puisque, sans le savoir encore, elle avait deviné qu'un chef-d'œuvre se cachait bien sous le plâtre des murs : une fresque datant de 1450 où un peintre génial avait cru bon d'illustrer un poème de Baudoin de Condé composé, lui, quelques cent cinquante-cinq ans plus tôt.

Hélas pour cette malheureuse enfant qui avait la malchance de vivre à son époque car il n'était pas donné à son entourage de comprendre le trésor inestimable qui vivait là, dans cette église en forme de croix latine, de style roman et gothique. Elle y aurait trouvé « *Le dict des trois morts et des trois vifs* ».

Que l'on se rende compte :

« Des cavaliers qui s'en allaient gaiement suivis de leurs chiens et portant le faucon. Trois morts apparaissant, hideux, rieurs de l'effroi qu'ils suscitent, armés d'une longue lance : le dard de la mort.

Bouleversés, les trois vifs manquent choir de leur monture, les chiens aboient, le faucon s'envole à tire-d'aile.

De leurs bouches mangées aux vers et défigurées, sortent ces paroles :

J'ai été pape dit le premier et vous affirme que vous serez à votre tour aussi affreux que moi.

Le deuxième se présente en cardinal et accuse la méchanceté de la mort en se plaignant de l'enfer.

Le dernier mort est dit-il un notaire de pape. Il insiste sur la précarité de la vie et la nécessité de se tenir prêt à la mort, inéluctable. »

Puissance, honneur, richesse ne sont donc rien, rien à l'heure de la mort. De leur grandeur passée, reste cette vision insoutenable et cet avertissement d'une décomposition, d'une pourriture à venir dans un futur plus ou moins proche.

Quelle leçon faite à l'orgueil de ces trois cavaliers, richement parés.

Dans ce cœur construit par un moine de Saint-Évroust, elle aurait permis aux vivants, elle, petite artiste inconnue au talent fabuleux, si pauvre, de faire entendre les vers admirables d'espoir, de bonté, de repentir, de grâce divine adressées aux vivants par les morts :

« *Pries pour nous au patre nostre*
s'en dites une patesnotre
tout vif de boin cuer et de fin
que diex vous prenge à boine fin. »

ou une morale extraordinaire :

« *Menons la vie qui plaît à Dieu,*
Gardons-nous d'aller en enfer,
Sachons que la mort nous saisira,
Aussi, prions Notre-Dame à l'heure de notre mort
d'être aussi près de son fils. »

Quelques jours plus tard donc, les premiers coups de marteau résonnèrent très tôt et par une énergie qui emplissait la nef, les premiers plâtras éclatèrent sur les damiers du sol laissant apparaître des traces de la fresque puis, petit à petit, dans le coin découvert près de la colonnade sud, les racines d'arbres stylisés.

Une sorte de frénésie prit la jeune fille. Elle avait couvert ses cheveux dorés d'un foulard de coton. Son long tablier se couvrait de poussière et faisait d'elle une sorte de cendrillon pauvrement admirable.

Absorbée par cette folie qui la magnifiait sous le regard éteint des quelques saints, elle n'en finissait plus de taper, taper encore.

– Mais par le Dieu des enfers !

Il ne put s'empêcher une fraction de seconde d'admirer ce jeune corps aux rondeurs visibles dans l'énergie de cette ardeur qu'elle mettait à démolir, et de penser « Dieu, qu'elle est belle », avant d'apparaître, corneille noire, en une vigoureuse course, criant son infortune.

– Comment osez-vous !…

Sans crainte, sans peur, face à ce curé que d'emblée elle n'aima pas, elle tenta une explication. Il y avait là-dessous un trésor caché, elle en était assurée. Un plaisir intense à partager si seulement il voulait lui faire confiance.

Mais fait-on confiance quand on est aveuglé ? Il était entré dans une furieuse colère qu'il tentait de maîtriser à grand peine, soulevant des morceaux de plâtre qu'il rejetait plus loin, allant ici et puis là, ayant peine à croire ce que seulement, lui, voyait : un mur en pleine démolition. Un sacrilège !

Était-elle folle ? Comment avait-il pu être aussi dupe ?

Il chassa la jeune femme sans ménagement aucun, hurlant contre cette fieffée saligaude capable d'une telle ignominie. Malheur, malheur à elle qui regretterait amèrement d'avoir détruit Saint-Martin. Il irait de ce pas avertir la maréchaussée et avant peu, dès le soir sans doute, elle serait prise, garrottée car il n'était pas tolérable qu'on ose impunément en appeler au Diable dans SON église !

Souhaitant de toute sa force que cette gueuse serait punie par son père, fouettée jusqu'au sang à grands coups de mèches plombées, il leva la main sur elle mais bien sûr, elle ne l'attendit pas.

Oh, le rire bruyant qu'elle fit entendre, car c'était bien là une menace qu'elle ne redoutait point.

– Arrête ! hurlait-il encore car elle s'échappait sous sa barbe. À la porte de l'église, elle se retourna, le vit lui, jurant et crachant l'âcre poussière qu'il avait soulevée dans sa colère.

Cette certitude qu'il avait de s'extasier devant le luxe cossu, la blancheur élégante et uniforme ! Il était un homme moderne lui ! À condamner le bois, les techniques anciennes !

Doubler de neuf ce qui paraissait signe de misère et de pauvreté ! c'était cela son credo.

Avant de refermer la porte de l'église, toute frayeur tombée, elle considéra encore ce mur si plein de promesse que cet homme allait s'empresser de recouvrir de son orgueil immaculé et sans savoir bien sûr que, quelque cent ans plus tard, d'autres qu'elle, feraient enfin vivre cette beauté suprême, elle lança crânement avant de refermer la porte bruyamment

– Imbécile !

14

Autour de la table de la mère Toutain, meuble long, épais, solide, de ces tables qui ressemblaient à l'arbre duquel elle était née, tous devisaient joyeusement.

Il y avait là une belle brochette d'hommes jeunes et moins jeunes, tous talentueux et animés de la même passion des rivages et des vallées de ce beau pays d'Auge.

Ils étaient peintres, poètes, philosophes même, et n'en finissaient plus de décortiquer les rues, les ports, les toits avec une vitalité qu'ils se renvoyaient par-dessus les plats que Rose, la servante, leur apportait.

Il y avait là Claude Monet et Fréderic Bazille se remémorant leur enthousiasme sur la visite de l'année dernière qu'ils avaient faite ensemble au musée de Rouen, et ce tableau incroyable de Delacroix : La justice de Trajan tiré du purgatoire de Dante.

– Racontez donc ! demandait Jongkind.

– L'empereur romain Trajan partant en campagne avec ses troupes. Il est arrêté par une femme veuve qui lui réclame justice pour la mort de son fils. Finalement cédant, il reporte son départ

– Et cela donne ?

– Une huile remarquable !

Dans un élan bien à lui, Baudelaire rajoutait :

– Si remplie de tumulte et de pompe !

Le bougre semblait tout connaître. Parlez-lui d'un vilain métis nègre et il vous racontera les îles et une histoire de voleurs punis. C'est là dans le journal ! Alors, la vraie beauté, l'art donc, pensez ! et ce n'est pas de la vantardise, pas le genre de la maison. Il continua sur sa lancée :

– Et vous Boudin, vous avez emprunté le rose du cheval de Trajan.

– Un cheval rose ?

C'était Théodule Ribot qui parlait.

– Dans son dernier tableau, votre *Bassin de commerce du Havre*, n'est-ce pas Eugène ? continuait Baudelaire en se tournant vers ce dernier

Boudin répliquait, pris par la frénésie de raconter son œuvre que « tout ce qui est peint directement et sur place a toujours une force, une puissance, une vitalité de touche qu'on ne retrouve plus dans l'atelier ».

– Cela m'étonnerait que Delacroix ait rencontré sa veuve !

Monet et Bazille s'esclaffèrent mais Boudin ne se vexa pas. Il riait volontiers avec les autres. En plus, il se savait admiré et ses pairs voyaient en lui un précurseur. « Il est mon maître » déclarait Monet et continua avec Daubigny :

– Mais vous, Charles François, n'avez-vous pas mis également ce magnifique rose dans votre ciel des Graves ?

– Qu'est-ce, demanda Baudelaire

– Comment Charles, cette fois vous m'étonnez ! Vous ne connaissez pas *Les Graves de Villerville*, son huile sur le thème des pâturages ? Tiens, c'est comme vous Théodule, votre chair salie de souffrance dans votre *Martyr de saint Sébastien.*

– C'est vrai, répondit ce dernier coloriste de premier ordre, ma palette ne varie guère. J'en ai mis également dans ma petite laitière, dans ma dernière nature aux citrouilles, prunes et cerises figues et puis aussi dans mon cuisinier comptable !

– Finalement interrompit la mère Toutain qui arrivait les bras chargés de quelque chose qui avait l'air succulent, cette couleur rose, c'est du tout cuit pour vos tableaux Messieurs. Je veux dire, ça se met partout je constate. Dans les ciels, la chair humaine, les œufs et les pêches !

– Mais comme elle a raison ! s'écria Baudelaire avec virulence. La douceur ! La féminité, tiens, le romantisme ! Le mystère !

– Bon eh bien c'est pas tout ça : Voilà du sucré ! La mère Toutain était drôle et mêlait son verbe simple à ces lettrés :

– … Un dessert rose ! Ça vous va ti ? On reste dans le thème !

Ce dessert rose, c'était des boudoirs de Reims agrémentés d'une crème très vanillée reconnaissable à l'œil parce que s'y mêlaient des centaines de petits grains noirs. Cela régalait les yeux comme les papilles car la mère se faisait un plaisir de régaler ses convives.

En passant devant la cheminée, elle réajusta les bûches. Il faisait bon à l'auberge d'autant que dehors, la pluie se déchaînait. Qu'importe, eux étaient si bien !

– J'vous mets l'eau à chauffer, vous prendrez tous des café messieurs ?

– Formidable !

À la cuisine cependant, Rose la servante se tordait de douleur. Elle était assise les deux mains plaquées sur le ventre.

– Ça peut pas durer Rose. Il va vraiment falloir vous faire soigner !

L'autre grognait

– Mais Madame, comment ferez-vous si j'suis pas là ?

Il allait pourtant falloir se passer d'elle car il s'agissait bien d'une suspicion d'appendicite. Avant la fin de la journée, par le jardinier venu livrer les légumes, Rose fut emmenée à l'hôpital et ce qui n'était qu'une probabilité s'avéra être une infection très avancée qui tournait à la péritonite. La brave fille fut sauvée de justesse, car il y avait dans ce jeune établissement de santé quelques officiants capables

Côté salle à manger, on entendait encore :

– Vous êtes un travailleur acharné, Claude Monet !

– Ici, mon cher, c'est adorable et je découvre tous les jours des choses toujours plus belles. C'est à devenir fou tellement j'ai envie de tout faire, la tête m'en pète ! J'ai la passion des jardins, la botanique ! Quel bonheur !

Vous savez ce que j'aimerais vraiment ? poursuivit-il face à Bazille qui l'écoutait avec intérêt, une maison dans un petit village normand au bord de la Seine. J'y ferais un jardin floral.

Il poursuivit encore, rêveur.

– … Des fleurs, des fleurs, de toutes espèces, de toutes couleurs et parmi elles, je vois bien un petit pont enjambant l'eau d'un bassin ruisselant aux reflets métalliques. Peut-être quand je serai vieux et que j'aurai peint toutes les cathédrales de pierre, les mers et bords de mer, « des marines étourdissantes et des figures et des jardins ».

Il ne croyait pas si bien dire Claude Monet, qui effectivement achèterait quelques vingt-cinq ans plus tard cette maison à Giverny dont il rêvait.

L'île aux orties deviendra ce bassin aux nénuphars car il y fera détourner le cours de l'Epte et construire ce fameux pont japonais qu'il visionnait dans ses rêves.

Il ne voyait pas encore bien sûr, les *Nymphéas*, œuvre monumentale en quatorze panneaux, point culminant de son art.

En attendant Jongkind écoutait, adorait et rêvait avec lui.

– Je te le souhaite mon ami, je te le souhaite.

Jongkind avait comme lui cet amour de l'eau et, de ses croquis d'aquarelle qui lui permettaient de saisir les impressions fugitives, il savait rendre vivant, les jeux subtils de lumière. Il les annotait, y mettait des précisions écrites et reprenait l'œuvre en atelier, loin des foules et des mondanités qu'il exécrait. C'était un solitaire qui croquait le travail des hommes, les marins entre autres qu'il peignait de manière réaliste.

– Je vous dois l'éducation définitive de mon œil.

Et Monet accompagnait ses paroles d'une tape amicale dans le dos de celui que son ami Manet appelait « le père du paysage moderne ».

Loin de ces congratulations et autres manifestations amicales, la mère Toutain dans sa cuisine, considérait la pile d'assiettes sales, les verres à cidre empilés les uns dans les autres, les plats à gratin culottés. Elle était une femme vaillante et courageuse mais quand même, quand la fatigue est là !…

Comment allait-elle faire, l'auberge était pleine à craquer. Baudelaire dans la chambre bleue, celle au bout du couloir occupée par Ribot. En face, le petit boudoir à deux lits y logeait Monet et Jongkind, les inséparables.

Au rez-de-chaussée, presque en face de la salle à manger, Daubigny et plus loin, Bazille.

Ils y avaient tous leurs habitudes, leur coin préféré. Partout cela sentait la peinture, la térébenthine. Les boîtes de couleurs sur leurs trépieds, séchaient couvercles ouverts. Il était rare d'avoir une journée sans pluie. Qu'importe, cela n'arrêtait personne.

Boudin les rejoignait à l'heure des repas. Lui logeait à Honfleur, rue L'Homme-de-Bois. Il avait de toute façon besoin de sortir voir du monde, se mettre en mouvement et cela faisait jusqu'à la ferme Saint-Siméon, une jolie balade. Et puis il était plaisant de retrouver ses amis autour d'une bonne potée ou un excellent pot-au-feu.

Et Sisley dans tout ça ? Il faisait partie du lot mais depuis sa rencontre phénoménale avec « la gosse de Honfleur » comme il la nommait lui-même, il semblait vouloir évincer tout le monde. Les autres justement, s'évertuaient à essayer de lui redonner le moral car il semblait écœuré de tout.

Il peignait de l'aube au soir. C'était sa béquille psychologique. Sa peinture s'en ressentait, prenait des teintes sombres. Il brossait sans fin, des ciels bas, nuageux qui tombaient dans la mer et de cette douleur si visible, nul ne riait plus et lui renvoyait cette évidente empathie qui prouvait bien l'attachement qu'ils avaient les uns pour les autres.

Quand les hommes fatigués par ces journées studieuses passées au grand air se couchaient enfin, la mère Toutain bourrait le poêle pour qu'il tînt toute la nuit. Elle serait la dernière à se coucher.

Elle était épuisée et contente puisque tous étaient heureux. Même Sisley, car la maladie d'amour est en quelque sorte une bienheureuse pathologie.

Le jardinier était revenu depuis longtemps de l'hôpital où il avait porté Rose la servante. Il avait déclaré à la mère Toutain que la situation domestique ne serait pas tenable sans elle et la patronne se rendit compte qu'il avait raison, bien sûr.

Où trouver cette perle rare qui ferait le remplacement ? Avait-il une idée, lui qui connaissait du monde sur Honfleur ?

– J'vas me rencarder la mère.

– Trouvez-moi une gentille gamine comme y faut. Si elle sait faire la cuisine, c'est mieux.

Elle rajoutait, tout sourire malgré sa fatigue

– … Et pis la pâtisserie aussi, ce serait pas mal. Mes gars ont le bec sucré !

15

Le père Conrad n'avait pas revu l'enfant. Pourquoi diable avait-il tant marqué sa mémoire. Sa beauté, sa tristesse, son intelligence ?

Pourquoi la vie gâtait-elle tant de dons précieux ? Car il en était assuré, cet enfant pêcheur dont le regard habité vous scrutait jusqu'au fond de l'âme, aurait pu faire bien autre chose que de pêcher des crevettes.

Il hésita, se tortura, trouva mille prétextes puis se décida à aller frapper à la porte de sa famille, rue l'Homme-de-Bois.

Il était rare de voir une soutane dans cet endroit du vieux Honfleur, quartier des marins comme la rue Haute et la rue Barbel. S'y entassaient des familles nombreuses, car elles étaient légion les fratries de dix ou douze enfants parmi lesquelles les Marchal faisaient figure d'exception ; ça grouillait, criait, se chapardait, tels des rats. On entendait les mères qui, des fenêtres ou des portes, apportaient leur contribution à ce vacarme de la rue, mégères à l'accent vulgaire. À celle qui crierait le plus fort pour montrer qu'elle avait du caractère et qu'il ne faudrait pas lui en remontrer.

Cela aurait pu être à l'égale d'une gaîté italienne si ce n'était si triste car la pauvreté n'a pas le cœur gai. Cela crevait de misère sur ces pauvres enfants mal fagotés, peu habillés, résistants malgré la morve au nez. La pauvreté tient chaud.

Il passa devant des gosses barbouillés, accroupis près du ruisseau un rien pestilentiel qui coulait au centre de la rue. Ils y faisaient naviguer un petit bateau de bois qui faisait route naturellement vers le bas de la rue. Un grand, sermonnait plus loin un plus petit. Le curé sentit que les claques n'étaient pas loin. Il hésita à intervenir et ne dit qu'un :

– Eh toi là-bas !

Et ça s'envola comme une volée de moineaux.

– Voilà la porte de la maison Marchal.

Il nota d'un coup d'œil les rideaux propres derrière les fenêtres salies par l'eau de pluie tombant du toit sans gouttière. À peine eut-il frappé qu'une femme arriva dans son dos, poussant telle une mule une voiture de quatre saisons qui fleurait bon la marée. Elle prit le temps de garer sa charrette dans l'allée attenante à la maison comme si lui, transparent comme de l'eau claire. Était-ce un manque de respect face à cet homme pour le moins respectable ou l'idée qu'elle avait de son devoir, de l'exécuter jusqu'au bout avant même de songer à autre chose, ne serait-ce qu'un simple bonjour ?

– Madame Marchal je suppose ?

– Est ti une affaire de Dieu qui vous amène mon père ?

Le curé nota finement le ton, un rien suspicieux de cette femme qui habituée à vivre dans un monde implacable n'aurait pu croire à une générosité gratuite, viendrait-elle-même d'un curé.

– Tenez cha voulez-vous ! Sans autre égard, le curé se retrouva avec à la main, un des plateaux en laiton de la balance Roberval où s'entassaient quelques solettes et un gros carrelet. L'invendu du jour.

– Vous restez mâquer[2] pour sûr ?

Invitation obligée ou formulation trop directe ? Ici, on ne s'encombrait pas des délicatesses de langage.

– Je viens vous parler de votre Louis. Votre époux est-il là ?

– Mon gars ?

Oh ce ton sec qui s'alourdit encore et qui mit à l'homme de Dieu un sentiment de malaise. Il espérait trouver dans le foyer, le marin s'il voulait bien l'écouter. La porte s'ouvrit et dans le silence lourd qui habitait la pièce, il crut apercevoir quelque silhouette se confondant au mur du fond presque noir.

Mon Dieu qu'attendait-il ? Sa religion était-elle bien la leur ? Il reprit espoir quand la silhouette sortit de l'ombre et s'avança pour lui serrer la main. Le père Marchal, sous sa casquette de drap marine, qui ne devait jamais le quitter, s'approchait d'un élan

2. Manger.

spontané et il ressentit immédiatement l'aura chaleureuse qui entourait l'homme de la mer. Qu'il s'asseye donc, voulait-il une goutte ?

On entendait très vite de la pièce voisine où la femme s'était précipitée, un ricanement qui n'était pas anodin et devait certainement se rapporter à cet alcool offert, prétexte pour son homme à trinquer également. Un peu gêné par la situation, le curé accepta et se retrouva bientôt assis face au propriétaire des lieux.

Il y eut les formulations polies, la situation de ces jours derniers qui amenèrent la conversation sur le manque de travail, le mauvais temps bien sûr, plaies ouvertes qui saignaient des mois sur un budget bien mince. La femme prit un temps pour les servir, claqua le verre face au mari qui prit le parti d'ignorer l'insulte. Elle s'adossa ensuite au buffet, les deux mains posées en arrière sur le rebord du meuble, dans un calme contraint, montrant ainsi qu'elle attendait le véritable objet de la visite. Julia descendait l'escalier et s'arrêta net, surprise d'y trouver le curé. Elle lui serra la main et curieuse, s'apprêtait à écouter les adultes avec un plaisir visible, ça n'était pas tous les jours qu'on avait de la visite !

– Va éplucher les soles !

Oh ce ton encore ! Que cette femme était acariâtre ! La petite râla doucement mais partit s'exécuter. La mère avait à l'évidence un ascendant certain sur son homme et ses enfants. C'est elle qui mène la barque, pensa-t-il

– Alors mon père, qui c'est ti qui vous amène cheu nous ?

Le curé lança un coup d'œil circulaire, semblant y chercher quelque chose ou quelqu'un. L'inspiration peut-être, ou le courage de commencer sans trébucher. Il regarda l'homme à vareuse, le « maître chez lui » voulait-il, et fut surpris d'y rencontrer deux yeux à l'affût, aigus, qui observaient sans plus de mot, sachant déjà qu'il y avait là quelque importance capable de changer le cours des choses. Un curé ne se déplace pas chez de simples gens pour parler du temps de quin[3].

Paradoxe intéressant qu'il allait proposer à cette famille pour le moins populaire mais non moins difficile. Comment allait réagir le patriarche ? Sous cet air sympathique, il sentait l'homme concentré, prêt à entendre quelque chose différent du banal quotidien.

– Votre garçon, Louis… commença-t-il.

Le marin coupa net, comme un coup de semonce à l'homme de Dieu.

– Mon garçon navigue avec moi. C'est mon mousse !

Voilà la parade que Marchal avait trouvée. Mettre tout de suite en avant la qualité professionnelle du gamin, la sienne aussi. Derrière cet écran immuable, la peur bien sûr, l'angoisse face à l'inquiétude instinctive. Le curé afficha un sourire, voulant désamorcer très vite la tension qu'il sentait naître autour de lui.

---

3. Chien.

– Bien évidemment père Marchal. Je le sais que le petit navigue.

Il prit une lampée du verre qui lui mit au gosier le feu de l'enfer. La mère revenait de sa cuisine, l'œil étincelant et Conrad sut tout de suite que derrière la porte, elle guettait, observait et de sa nature volcanique, elle n'avait pu éviter cette éruption prématurée

– Qui que vous allez pas inventer a c't'heure ! Qui que vous y voulez à not bézot ?

Allaient-ils refuser d'entendre, de comprendre, de réfléchir même, de crainte d'y perdre leurs habitudes, leur quotidien si compliqué pourtant. L'enfant, car avant d'être un futur matelot, il était bien un enfant, il voulait savoir s'ils s'étaient rendu compte, eux les parents, du potentiel extraordinaire… il changea le terme… des possibilités intellectuelles…

La mère poussa un cri, le coupant une nouvelle fois. Il eut l'impression qu'elle ouvrait une brèche par où s'écoulait un flot d'incompréhension. Le curé changea de ton et gagna en gravité. Il se penchait légèrement en avant face à celui qui de toute évidence, attendait.

– Votre gosse, c'est un intelligent. Il lui faut apprendre à lire, à écrire aussi. Il faut bien convenir qu'ici…

– Mais bon Dieu jurait la femme limitée, inconsciente de cette injure suprême qu'elle lançait au nez de l'homme de foi, on a bien du mal à mâquer[4] tous les jours, alors l'école !…

– Tais-toi donc ! répliquait enfin le marin d'un ton qui ne souffrait aucune discussion.

La femme bougonna et tourna les talons.

– Mon père, je vous remercie pour ce que vous dites mais…

Le p'tit gars c'est vrai aurait pu faire autre chose de sa vie mais c'est qu'ici, voyez-vous, on n'avait pas le choix. Qu'aurait-il pu faire lui, le patron de sa barque, sans son mousse ?

Le curé s'abstint d'objecter qu'il n'avait pas toujours eu ce fils, que leur ignorance allait le rendre coupable. Coupable de ne rien faire. Il insista :

– Corrigez-moi si je me trompe père Marchal, dites-moi que vous avez remarqué des possibilités chez votre gamin

– Il est pas mauvais en calcul, c'est souvent li qui fait lcs comptes[5].

Face à cette famille, comme toutes les familles de pêcheurs, bourrées d'habitudes et de traditions toutes puissantes, comment sortir un petit être voué à les perpétuer ? Dès sa naissance, était gravé dans les vagues cet essentiel qui serait sa vie de marin, à jamais. Comment les aider à voir plus loin ? se demandait-il. Il prit le parti d'expliquer :

---

4. Manger.
5. Le partage des lots au bistrot.

– Le séminaire, c'est le savoir gratuit. C'est aussi une vocation sacerdotale poussée par une conviction intérieure. Lui seul pourrait décider de tout quitter si Dieu l'appelle.

On entendait rugir la femme du pêcheur.

– Il a pas fait sa communion, on a pas les sous. Vous savez combien ça coûte vous, d'inviter la famille à la ripaille ? J'vas pas leur servi du carrelet !

Le prêtre continuait :

– Pour devenir prêtre, il faut arrêter de faire autre chose et d'ailleurs, le cheminement est personnel.

– Mon ti gars a jamais parlé de ces choses-là mon père.

Difficile à dire se disait le curé, si l'homme de la mer avait une véritable sagesse ou s'il vivait au rythme de ses marées, des coups de vent plein la tête et les obligations du rapport journaliers qui ne souffrent aucun choix. Celui-ci demandait cependant :

– On y apprend quoi dans votre école à Bon Dieu ?

– On y étudie les saintes écritures, la philosophie, la théologie, l'histoire de l'Église. La liturgie, la spiritualité, le droit canonique mais aussi la gestion économique. Aussi le latin, le grec, voire de l'hébreu.

– Pour de l'hébreu, c'est de l'hébreu… entendait-on crier de la cuisine (elle voulait dire bien sûr qu'elle n'y entendait rien)

La philosophie expliquait-il encore, c'était l'art de se poser des questions sur l'homme. La théologie permettait d'approfondir sa foi dans l'église dans ce qu'il y a de plus profond, de plus mystérieux. Deux mille ans qui ont fait l'histoire, pensez ! Il y avait de quoi réfléchir

– Oui bah cheu nous, reprenait la femme du pêcheur, on a pas le temps à la réflexion. Faut relever les manches et pis c'est tout.

Le pêcheur semblait malgré tout approuver sa femme. Et puis son petit gars, c'était tout le contraire. Il le décrivit comme l'enfant qu'il était, vif, gai (sauf quand il fallait aller à la mer). Un vrai gamin de chez eux. Pas quelqu'un qui « réfléchit ». Il marquait avec emphase cette dernière disposition d'esprit comme quelque chose non désiré dans leur milieu, pis, un défaut assimilé à de la fainéantise. Il voulait sans doute ajouter l'idée qu'il se faisait de l'Église, pieuse, mièvre et soumise, qui rend aveugle à un état dynamique, débordant de vitalité. Tout ce qu'il faut être enfin pour être un bon matelot. Pas le temps de « dormir » sur le rafiot où les lames vous emporteraient plus sûrement qu'une feuille morte.

Le curé regardait l'homme de la mer, buriné, bel homme en vérité car il transcendait une sorte de bonté naturelle. On sentait à travers les contraintes de sa vie ordinaire, une intelligence qu'il ne mettait au service que de cette mer qui le faisait vivre. Quoi de plus normal pour un marin en fait ? Mais Louis… Louis !

– Je connais votre foi Monsieur. Elle est pure et belle. Je sais que votre garçon vous admire plus que tout. Je pense…

Il s’arrêta un moment, voulant mettre dans ses paroles, une véritable force.

– … Je pense qu’il est de votre devoir d’offrir à votre petit ce qu’il y a de meilleur. Et le meilleur, c’est le savoir auquel il peut accéder. Je me fais le mandataire de l’évêque pour assurer cette mission.

En attendant l’âge requis, il se faisait fort d’accueillir chaque jour le petit Louis au presbytère.

– Réfléchissez bien Marchal. C’est la chance de sa vie !

Il se leva puis très vite, avant même que le marin ne réponde, toucha son chapeau, lança un bref au revoir à travers la paroi de cette cuisine où la mère ne daignait pas ressortir, puis referma doucement la porte de la maison du pêcheur.

Le père resté à la table semblait en état de sidération. Ce qu’il venait d’entendre l’avait anéanti plus certainement qu’une marée de gros temps. De la cuisine il entendit :

– C’est ti une idée en marge de nos vies cha !

Julia s’approcha de son père et laissa tomber :

– Je v’as prendre la place de Louis !

Autour d’eux, dans cette pièce sombre qui sentait la marine car même les chaluts y entraient, où s'égrenaient les minutes qui tombaient de la pendule, il y eut comme une bulle de silence les enveloppant quelque temps comme la protection d'une confrontation inévitable.

Comme le père prostré ne réagissait pas, elle prit la chaise, auparavant occupée par le prêtre et s'assit en face de lui. En réponse, l'homme rude qui avait de l'eau salée dans les veines lança l'ordre. Qu'elle aide la mère ! Mission dévolue à une fille et seule réaction admise : qu'elle obéisse.

Julia sentit une tristesse l'habiller d'une longue chemise noire venant de celui qu'elle aimait mais qui n'était pas heurté lui, par ce dévouement soudain, cette abnégation qu'elle donnait comme une offrande. Sacrifice si pur pour la vie de Louis.

– Père, j'ai treize ans. Je suis forte. Bien plus forte que Louis. Laisse-moi naviguer avec té !

Il avait entendu le curé, n'est-ce pas ? Qu'il laisse à son frère la sagesse des livres. Il deviendrait un savant, un Monsieur et tout le monde serait fier de lui.

– Allez père !

La mère avait enfilé la blouse. Le visage rougi par le fourneau et le contraste du dehors, prenait à nouveau l'espace et lançait le torchon aux quatre coins cardinaux, au rythme de sa colère jalouse.

Julia n'attendit plus une réponse que son père ne pouvait donner. L'idée lui vint qu'il lui fallait réfléchir. Connaissant les débordements familiaux de sa mère quand celle ci avait l'impression que les choses lui échappaient ou qu'elles se faisaient en dehors d'elle, Julia se leva et quitta la pièce. Dans le dos de son père qui ne s'était pas retourné, elle osa encore :

– Ça m'fait mal de savoir que Louis sera comme vous, des illettrés. Il ne sera jamais un homme libre. Moi si j'étais à vot'place, je ne supporterais pas cette humiliation !

Dans les premières marches qui craquaient comme des âmes envoûtées, elle sourit amèrement d'entendre :

– L'as-tu vue la péronnelle ! Non mais des fois !

Le père, comme du vif argent, sortit d'un coup de sa prostration et s'écria :

– T'as compris ce qu'elle offre la gamine ou t'es si bête ?

– Catherine ma chérie, remplis-moi ces trois pots d'crème. C'est pou la mère Évette.

Figure de Honfleur cette petite dame Évette, pâtissière de son état. Pas question de fourrer les éclairs, faire les biscuits à la violette ou au jasmin, monter le Saint-Honoré sans cette crème épaisse. Il était presque fin de matinée et cela ne serait plus long à la voir arriver sur la place du marché.

– Qu'est-ce que t'en penses grand-mère, j'ai une merveilleuse p'tite sœur n'est-ce pas ?

Catherine s'exécutait et les trois pots s'emplirent presque à ras bord. Elle y ajusta les couvercles qui tenaient par une chaînette. Tous les clients reprenaient leur pot à lait laissé d'une semaine sur l'autre. On vendait tout jusqu'à la dernière louche.

La grand-mère, assise sur son tabouret derrière des pots, des beurres, n'attendait pas longtemps entre les clients. Cela venait, les habitués, les uns derrière les autres et la vieille laissait faire Catherine qui s'amusait de cette distraction, jouant la marchande et profitant de cet étalage pour y vendre ses propres produits, ces petites galettes au beurre.

– Vous êtes tous les trois extraordinaires ! Je suis fière de Julia et avec c'que tu viens de me raconter... bon sang ! Bien des adultes seraient pas capables de donner d'eux mêmes comme cha !

Le Louis, c'est sûr, ce sera quelqu'un. J'ai toujous su qu'ce gosse avait quéque chose dans la tête et pas seulement l'emplacement du cerveau et té, té ma poupette...

Elle prit dans ses mains tachetées de vieillesse, les petites menottes de la jeune fille, si roses, si fortes déjà.

– ... Tu vois disait-elle en les regardant, c'est juste ça le bonheur.

– Ça quoi grand-mère ?

– Un heureux présage, je le vé bien là, dans tes mains.

La jeune fille sourit :

– T'y vois quoi ?

Oh comme la jeune fille effeuillait en rêves son propre album plein d'images, des instantanés de vents, figés, là, sur la toile, des saveurs sucrées des pommes que déjà, elle imaginait débordantes du panier, et la mer merveilleuse, ourlée de blanc. Ce blanc dont elle rêvait presque chaque nuit, albâtre, ivoire ou d'argent, de céruse et d'Espagne, crème et blanc de lait ! Éclaircissant la vague qui déferle ou la houle qui s'enroule puis s'écroule jusqu'au creux suivant !

– L'amour mon ange !

Comme elle avait l'âme épurée cette vieille femme, capable à son époque où tout n'était que tabou, de parler de l'amour. Ils étaient rares pourtant ces moments où elle sortait de cette attention silencieuse, écoutant sans doute très souvent sans le montrer vraiment, laissant bercer l'illusion qu'elle ne vivait rien et Catherine comprit dans l'instant magique, au milieu de ce marché bruyant où tout un chacun baguenaudait et criait, qu'il n'en était pas ainsi. Pourtant l'amour… était-ce vraiment là le sujet de sa préoccupation première, toute pétrie de cette passion embryonnaire que, faute de moyens, elle ne pouvait exprimer.

– Je lis rien dans les mains mais je tiens bien mon ressenti ma poupette. C'gars là-bas, voilà bien un quart d'heure qu'il te r'gâde !

Pauvre d'elle dont le cœur s'envolait soudain. Elle « prisonnière » de cet étal dont elle ne pouvait fuir. Elle prit le parti de l'ignorer non sans avoir remarqué qu'il s'agissait de l'homme à la redingote, celui la même qui avait essayé plusieurs fois de l'aborder.

Elle « joua » plus encore la marchande, théâtralisant ses gestes, sentant bien elle-même qu'elle y mettait trop d'ardeur et que de ce fait, elle y perdait en naturel. Il s'approchait pourtant le sourire aux lèvres, un sourire qui masquait son propre émoi et il fut là, devant les femmes, la grand-mère curieuse et la jeune femme rosissante. Il désignait les galettes au beurre comme si n'était là que son seul intérêt, la dévorant des yeux.

– Bon sang c'est vous Alfred !

L'autre recevait une claque dans le dos et Boudin s'approchait davantage face au petite étal. Il souriait, débonnaire, croyant faire plaisir de son apparition sur le marché alors que sans se douter, il brisait innocemment l'instant magique. Très vite, Sisley se retournait vers Catherine, cherchant son regard, espérant sans même se connaître une muette complicité.

– Je vous présente… ?

– Catherine, répondait la grand-mère Léontine, mais dites-moi Monsieur, vous êtes bien le peintre Boudin ?

Puis se retournant vers sa petite-fille, désignant l'homme du doigt :

– Ce Monsieur pourrait peut-être t'en apprendre ma chérie. Il habite rue l'Homme-de-Bois, un peu plus haut que chez té. N'est-ce pas Monsieur, c'est bien là qu'vous créchez[6] ?

---

6. Loger.

Oh, comme les choses se mettent en place par un heureux hasard ! Mais y a-t-il vraiment un hasard puisque tout semble écrit ! Boudin regardait les galettes, décida d'en acheter et sans plus attendre, en prit une qu'il croqua joyeusement.

– Où vous promeniez-vous ainsi Alfred. Ne me dites pas que vous cherchiez l'inspiration ?

Il le croyait dans le thème de la mer en ce moment non ?

Il s'aperçut soudain que Sisley regardait toujours la petite vendeuse, lui-même la trouva mignonne, délicieuse même et se demanda dans le même temps pourquoi elle semblait si mal à l'aise

Puis soudain, il eut un choc, découvrant l'intensité des prunelles bleues. Sans la quitter des yeux, il se trouva tout à coup gêné, gauche, presque confus de ce qu'il venait de comprendre.

« La gosse de Honfleur » serait-ce…

Catherine pendant cet intermède, s'était reprise, accrochant à son sourire une joie de vivre qui cachait joliment bien les battements de son cœur, et dans cette pénible attente qui ne dura que quelques secondes mais qui lui semblèrent des heures, où elle craignait de paraître stupide au moindre mot, Boudin s'écria en montrant le morceau de galette qu'il tenait en main :

– Voici quelque met absolument divin. Est-ce de votre fabrication Mademoiselle ?

– Certainement M'sieur.

Comme il s'amusa de la voir si sérieuse, hautaine. Il l'observa, eut grande envie de lui décrire ce qu'il peignait dans sa tête : les cheveux clairs, l'ovale parfait du visage, la douceur ourlée des lèvres et ces yeux si absolument beaux. Il sourit encore comme on sourit aux anges blonds divinement séduisants.

– Hormis le fait que vous êtes ravissante Mademoiselle… Catherine, n'est-ce pas ? Je vous verrais bien servir ces délicieuses petites choses chez la mère Toutain. Elle cherche une personne pour l'aider. Peut-être…

– Sans rire, c'est sérieux ? La réponse fusa, si promptement qu'elle ne prit pas le temps de se composer une attitude. Elle s'était retournée vers la vieille.

– T'entends ça grand-mère ! La mère Toutain a besoin d'une serveuse. La mère Toutain de la ferme Saint-Siméon, c'est bien çà ?

Comme Boudin confirmait, le jeune peintre Sisley muet comme une carpe s'enferrait dans une attitude imbécile faite d'un mélange de bouffées nostalgiques et d'épreuve angoissante. S'ancrait en lui la certitude qu'il ne représentait rien pour elle mais qu'en plus elle semblait empressée à le lui démontrer.

Les deux hommes payèrent leurs petits achats, saluèrent poliment puis eurent à cœur semblait-il de reprendre leur joyeuse promenade qui les mènerait sans aucun doute vers les riches quartiers.

Ah voilà comme la vie vous offrait d'étonnantes surprises et des visions célestes ! Elle se voyait déjà, visage offert à la mer, le pinceau comme une véritable fête dansant sur la toile. Elle se tut, puis éclata de rire malgré la clientèle que bien sûr elle ne voyait plus, laissant libre cours à ces mille et une couleurs, chaudes ou froides, bruissantes et palpitantes comme des vies autonomes, propres à illuminer de leur clarté tous les soleils ou les vols désordonnés des oiseaux de mer.

– Servante il a dit mon cœur, pas peintre, murmura la grand-mère dont les larmes montaient aux yeux. Puis, s'en voulant de cette faiblesse, elle reprenait le cours de son activité, feignant de bouger ces pots puis ce beurre, pensant qu'elle devrait se contenir jusqu'au soir pour laisser aller sa tristesse.

Catherine, dont la jeunesse débordait et qui avait cette chance d'avoir hérité de la nature heureuse de son père, jura que jamais par dépit, elle ne s'y laisserait prendre. Servante oui mais à l'hôtel *Saint-Siméon* c'est-à-dire au milieu des peintres et de leurs tableaux.

– De là à peindre… tu vas pas leur piquer leurs pinceaux !

– J'vas me gêner !

Tout incendier ! Tout éclabousser ! Il faudrait bien qu'on la reconnaisse.

– Et même s'ils sont furieux, ils comprendront que moi aussi j'aurai mon histoire !

16

– Non mais René, tu rigoles ou quoi ?

Ils étaient tous là, attablés autour de cette table en vieille ferraille recouverte d'un mauvais bois dont le pied unique s'amarrait définitivement au sol. Autour d'elle, se déployaient les banquettes de moleskine, bordeaux à force d'être rouge et chacun de ces vieux loups de mer y allait de sa verve. Ils criaient plutôt qu'ils ne parlaient pour s'entendre malgré le vent qui dans ce bistrot, pourtant, ne pouvait entrer. L'habitude n'est-ce pas puisqu'ils étaient tous burinés par ce noroît qui gonflait leur voile et qui était leur vie.

Ils y avait là Ti-Savon, La Lessiveuse, les Guignats, deux frères identiques comme les cerises accrochées à cette queue double. De l'autre côté, serrés les uns aux autres pour surtout ne pas perdre une miette de ce qui se disait : L'Aventure, le Mélan et la Gode.

D'où venait cette tradition qui attachait à chacun son surnom ? Surnom qu'évidemment on avait utilisé jusqu'à oublier le vrai nom de la personne. Du Moyen Âge sans doute ou depuis qu'il y a des hommes à Honfleur qui font la pêche quand Honfleur s'appelait Honnefleu et que de cette crique envasée on avait fait un port.

L'histoire de ces surnoms rattachait à chacun sa propre histoire. Pour l'un un goût modéré de la propreté. Ti-Savon ne devait guère l'utiliser. La lessiveuse en avait reçu une sur le pied et il avait tant gueulé dans son quartier que bien sûr il n'échappa pas à ce titre peu glorieux. Que dire des Guignats si ce n'était que dans la région, cerise se dit « guigne » et que les deux semblables qui naviguaient ensemble devaient en emmener à bord. Mais était-ce là la vraie raison puisque, les années s'accumulant, on oubliait également la vraie raison du surnom ? Peut-être ces deux-là n'avaient-ils pas de chance et qu'ils ramenaient dans leur chalut plus d'algues que de crevettes. « Avoir la guigne » quoi !

Quant aux deux autres ici présents, dont le surnom se rattachait à un nom de poisson, certainement l'un avait pris un merlan pour une gode et inversement.

Dans cette situation présente, appeler René : René, signifiait que l'affaire était grave et que peut-être, il en allait de la vie ou de la mort. On oubliait dans l'instant d'appeler le père Marchal « les p'tites fleurs » (puisqu'on avait appelé son père « les fleurs »).

À l'image de ce Honfleur « pictogénique » où les ciels avaient parfois des humeurs de mauvais vin, ces hommes pittoresques montraient parfois des volte-face étonnantes, ou caractériel s'assimilait à caractère, où l'on traînait un orgueil incroyable, se faisant la famille du Pantagruel que Rabelais fit embarquer à Honfleur pour le royaume d'Utopie. Qui avaient en mémoire chevillée au corps comme leur propre patrimoine génétique, le grand Colbert, ministres du Roi Soleil et les cousins du Québec qui contribuèrent à donner à leur petite cité un prestige de renommée nationale jusqu'au traité de Paris où la France rendrait le Canada.

Savaient-ils que dans leurs gènes encore, il y avait de ces négriers qui moins glorieusement avaient commercé de l'humain jusqu'aux Antilles ?

Y en avait-il un parmi ceux-là qui se serait souvenu que leur chère rue l'Homme-de-Bois n'avait pas pris seulement le nom de la figurine en fronton d'une maison mais qu'elle gardait le souvenir d'un de ces nègres qui n'eut la vie sauve que parce qu'il sauva celle d'un officier bien blanc ? Que de cet acte de bravoure était née la plus belle des amitiés et que les deux hommes, au terme de leur aventure vinrent finir leurs jours dans la cité corsaire à regarder s'effilocher les nuages au-dessus des ardoises.

Celui qui avait parlé relevait sa casquette, montrant un morceau de front tout blanc.

– M'enfin René, t'y penses pas, emmener une femme à bord !

Allons, il ne s'agissait pas d'une femme mais d'une gamine de treize ans

– Mais c'est du pareil au même. Ta gosse, ce sera une femme et tu sais bien René !…

Oh oui il savait, que la gente féminine portait malheur en mer. C'était comme ça, qui pouvait-on ? Tous ces marins étaient pétris de superstition comme il est normal de l'être quand l'élément qui vous porte peut vous engloutir à tout jamais d'un instant à l'autre.

– Tu aimes vivre dangereusement, insistait l'autre marin. Ta gosse, c'est une sirène ! Vise un peu : Elle est rousse, avec des cheveux qui s'enroulent autour d'elle. Elle est belle et tu le sais, Tiens, elle chante avec la voix des anges !

Comme si ce don rajoutait au mystère.

– … N'y manque que la queue du pésson[7].

– Pour sûr, sans le vouloir, elle va t'attirer dans les fonds ! disait « L'Aventure ».

– « Une Marie Morgane déesse de la mer ! »

Se rappelait-il, lui, son père de la légende vivace qui racontait qu'elle était une fille de plaisir ? De mœurs légères, elle n'était autre que Dahut, la fille damnée du roi Gradlon transformée en sirène. Elle ensorcelait les marins et les entraînait au fond de la mer. Elle déchaînait la tempête et parfois calmait le vent. Si le soir, on en venait à ne plus voir rentrer au port un parent, un ami, c'était la *Marie Morgane* qui avait encalminé un bateau au large.

---

7. Poisson.

C'était plus que le père Marchal ne pouvait entendre. Il se leva, faisant fi de ces balivernes qu'il chassa d'un mouvement du bras comme on jette pardessus son épaule le sel de la superstition. Il en vint à déclarer qu'il connaissait la chanson.

Puis avant qu'il ne sorte de l'estaminet, il se fit un grand silence plein de mots. On le suivit du regard jusqu'à la porte qui tintait déjà de son aigre grelot. Puis il y en eu un qui osa encore

– Fais attention René, on dira de toi qu'enrôler ta fille fera courir des risques inutiles, que tu es de la vieille marine et que t'es dépassé.

– On dira ce qu'on voudra. On dirige pas un batiau avec des superstitions !

Le père Marchal déjà dans la rue et dont les pavés répondaient à ses sabots, entendit crier de l'intérieur.

– Merci pour nous, la tempête, c'est pou'tout le monde !

Le marin traversa la rue et comme un hasard curieux rencontra sa fille qui revenait dont ne sait où. Il la héla, fourragea ses poches et en sortit une liasse bien pliée qui donnait à penser que la décision qu'il avait prise s'était faite bien en amont. Il donna l'argent à Julia.

– Va chez *Gaston* tu prendras un pantalon à pont et aussi une vareuse. J'ai fait mettre de côté pour té. J'espère qu'il y aura la taille.

Devant une Julia aussi éberluée qu'échevelée, il ajouta :

– Prends aussi une casquette… et p't-être une barrette.

Enfin, qu'elle se débrouille pour attacher toute cette crinière. Si ça prenait dans les haubans, elle irait à la baille… et lui avec.

Charmant petit homme penché sur cet ouvrage, il traçait les lettres, maladroit mais qu'importe puisque déjà, il maîtrisait l'art des belles lettres d'une façon innée, mettant toute une rage intérieure et bouillonnante dans les pleins et les déliés qu'il vivait comme si de cela, dépendait sa propre respiration. L'abbé Conrad se remémorait l'arrivée du petit au presbytère :

– Ma soeu va être matelot.

Et tout était dit sur sa disposition toute neuve face à cet arrangement familial qui lui offrait la liberté du savoir dont il rêvait.

Louis était entré comme on rentre à confesse, tout doucement, à petits pas pour ne pas déranger l'ordre des choses et même l'air particulier qu'il sentait vivre par-dessus les livres. Il s'en était approché, caressant du regard tous ces rayonnages qui s'étageaient jusqu'au plafond, se disant qu'il était chez un savant puisque, quand on a lu tant de choses, on est forcément savant. Saurait-il lui, faire rentrer dans sa tête toute cette multitude ? Face à cette interrogation muette, l'homme de Dieu s'approchant, avait posé sa main sur sa frêle épaule, contemplant comme une chose neuve ce que pourtant il avait lui-même mis en place.

Le savoir était accessible à tous pourvu qu'on en ait l'envie, avait-il dit à Louis tout disposé à le croire. Disposé à beaucoup de choses Louis d'ailleurs, surpris dès son arrivée de cette gamme d'attentions qui n'était pas son ordinaire. Tenez, cette simple poignée de main que l'on se donne entre adultes et que l'abbé avait usé à son égard. Le petit avait été presque choqué puis sensible parce qu'elle traduisait finalement une vraie sympathie et un respect qui augurait des relations à venir, lui, plus habitué à ce que l'on bottât plus volontiers le cul des gosses qu'on ne leur serrât la main.

Et ce respect se prolongeait par le langage. L'abbé parlait français et non de cette marine patoisante dans laquelle il baignait au quotidien. Montrait-il ainsi à l'enfant ce à quoi il pourrait prétendre à l'avenir, devenir un Monsieur de la ville ?

Tout était différent ici. Les meubles plus fins à l'image de cette élévation spirituelle qui codifiait aussi la finesse et l'élégance. Même constat pour la pendule qui égrenait les quarts d'heure doucereusement à l'image de ces dentelles que l'on cisèle. Dans la pièce attenante, par la grande porte ouverte dont la clenche devait arriver à la tête des adultes, on voyait une longue table sur les extrémités de laquelle deux hauts bougeoirs allumaient leurs pendeloques de cristal d'éclats étincelants. Tout au fond, quelques bûches éclataient dans la cheminée, et on eut dit que ce rougeoiement éteignait plus encore les côtés de la pièce où Louis remarqua cependant quelques fauteuils, un guéridon lui aussi rempli de livres et quelques objets visibles dont il n'aurait su dire l'usage.

Il était difficile de deviner derrière les carreaux verdâtres faits de cul de bouteilles aplatis, la place Sainte-Catherine que pourtant il connaissait bien, tant à travers cette opacité, elle prenait des allures presque sinistres de monde étranger et un peu angoissant.

Le curé avait fait préparer un repas puisqu'il était midi et que le clocher s'en faisait l'écho en secouant presque les murs. Hortense était une pauvre fille qui était entrée au service de Monsieur le curé depuis vingt-cinq ans. Elle glissait d'un pas aussi silencieux que si elle n'avait été qu'une ombre. Elle apportait les plats, débarrassait les assiettes et dans ses mains, chaque chose paraissait elle aussi sans consistance. Ce silence anormal mit Louis dans un état de mal à l'aise proche de la panique. Il la suivit du regard quand elle quitta la salle à manger.

– Hortense est sourde de naissance, expliqua le curé.

Était-ce pour cela que les objets inanimés dans ses mains, se taisaient eux aussi ? Il ouvrit des yeux ronds.

– Finis ton repas Louis. Nous irons ensemble nous installer dans mon cabinet de travail. Tu choisiras un ouvrage.

Le petit engouffra le restant de son repas pour montrer que tout cela était très bon, et que c'était un honneur de partager cette table dont il s'étonnait encore d'être l'hôte.

– Ne va pas t'étouffer quand même !

Il ne posa pas plus de question, ayant peur de passer pour un rustre, mais se demandait bien que désignait le curé par « cabinet » et « ouvrage ».

Louis eut dans les mains son premier livre qu'il regarda comme une étoile brillante qui se serait décrochée du ciel pour atterrir dans le creux de ses mains. Il goûta ce moment précieux sachant que précisément, cet instant-là se graverait dans sa mémoire jusqu'à la fin de sa vie.

Ce vieux livre enluminé, doré sur tranche, exhalait un parfum de vieux grenier, mais que Louis associait à la beauté savante et incompréhensible de tous les signes qui faisaient l'écriture. L'abbé apportait une feuille un peu jaunâtre dont les bords n'étaient pas nets et qui peut-être dans quelques coins avait été grignotée par une souris, une plume encastrée dans un objet de bronze représentant une tête, et une bouteille d'encre violette à l'étiquette toute tachetée.

– Va mon petit, commence par la première ligne.

Il lui fallait recopier, associer au geste de sa main la vision magique de ce qu'il admirait comme un véritable chef-d'œuvre de grande allure.

– Qu'est-ce qui y a d'écrit mon père ?

– À vivre de rien, il eut encore…

– ???

– Il s'agit de l'histoire d'un homme qui a la force d'y croire malgré son malheur et sa grande pauvreté.

– Crère à quoi ?

– Mais à la vie Louis. Les histoires se rapportent souvent à la vie des hommes. Quand tu sauras lire, je te prêterai ce livre. Il a une grande morale et une puissante force d'âme.

Le petit trempa la plume, étonné de cette matière liquide qu'il croyait plus épaisse, la posa sur le papier où très vite, une tache s'agrandit et s'éclata comme un soleil violet.

Recopier, mais de quelle façon ? Ce « A » qui n'avait pour lui aucun sens, commençait en boucle puis s'élançait en un pic très pointu qui redescendait aussitôt d'un trait vertical plus épais.

Le prêtre eut un sourire mais comprit aussitôt qu'il s'y prenait mal. Sa pédagogie était aussi pauvre que le savoir de cet enfant. Il lui faudrait apprendre à apprendre.

Penché au-dessus des cheveux délicats qui n'avaient pas encore perdu la soyance de la petite enfance, il enveloppa de sa grosse pogne la petite main et doucement, traça sous les yeux ébahis de Louis, l'arabesque vertigineuse.

– Voici Louis, ceci est un « A ». C'est aussi la première lettre de l'alphabet.

– « A » comme Amour ?

Il avait chuchoté, s'autorisant ici dans cet instant magique, ce qu'il n'aurait osé dire chez lui. Demander cela aurait été inconvenant. Assimilé à de la faiblesse, pis, de l'incompréhension, voire du sarcasme car on est rude quand on vit de la mer. Contre toute attente, le prêtre sentit derrière ses paupières, l'émoi qui lui mettait de l'eau dans les yeux.

– Oui petit Louis, « A » comme Amour !

17

Catherine empilait les assiettes au fur et à mesure de l'essuyage. La pile devenait immense et prêtait à s'imaginer le pire. La mère Toutain entra dans la cuisine et fut saisie d'effroi.

– Oh là là ma petite !

– J'maîtrise Madame, j'maîtrise.

Rien du tout ! Qu'elle emporte cela en deux piles s'il vous plaît sur le buffet de la salle.

Catherine s'exécuta en riant de son audace. Elle avait l'air de se ficher de tout, de ne pas prendre ce travail au sérieux. La patronne la suivit du regard d'un air dubitatif. Comment avait été élevée cette gamine arrogante ! Cette première journée était passée comme un tourbillon. Virevoltant à droite, à gauche, elle n'avait presque pas pris le temps d'écouter les consignes, devinant à l'avance où se trouvaient les choses, les verres dans ce buffet bas, les couverts dans ce tiroir, un balai coincé là dans l'encoignure. En deux temps, trois mouvements, elle avait mis de l'ordre partout, astiquant, frottant, et de la cuisine en chantier après le service du midi, elle achevait le travail et avait tout rangé. Même Rose n'avait jamais réussi à faire briller la faïence au-dessus de la paillasse. Catherine s'était servie du vinaigre blanc et tout reluisait.

Il y avait eu beaucoup de monde en ce dimanche ensoleillé, le premier sans pluie ni grisaille depuis longtemps. Familles, amis, petits paysans abreuvés à cette soupe du quotidien, en avaient eu soudain assez, avec des envies de cuisine autre, simple et savoureuse mais cuite au dehors de la cocotte familiale. Envie de promenade aussi qui mettait de la fantaisie dans cette vie faite souvent de durs travaux. Un petit bonheur allez, puis après, cette mer que l'on distinguait par-delà les fenêtres que l'on irait respirer à pleins poumons, l'iode que ramenait à terre des miasmes plaisants dont il fallait s'enivrer jusqu'au retour à la maison.

La chaleur de l'accueil à l'auberge était bien connue, autant que ces cartes. Des pots-au-feu au rouelles au lait, des poules au blanc aux épaules d'agneau quand on n'avait pas tué le cochon, et qui régalait ses convives des boudins, saucisses et rôtis de lard. Les rations aussi étaient copieuses et cela se savait dans la région. Point de diététique à la campagne, et une assiette bien pleine fait toujours sourire les estomacs vides.

Ou étaient les peintres ?

Envolés dans la nature avec chevalet et boîte de couleurs bien sûr ! Il y avait de ces couleurs incroyables qui font partie du mauvais temps quand celui-ci relâchait son étreinte. Des verts drus tout en nuance sous la lumière crue, des sables aveuglants parce qu'ils étaient avides de ce soleil qui les déchargeaient quelque temps de la lourdeur détrempée, et le vrai soleil si pâle et si bas qu'on accueillait comme un seigneur parce qu'il besognait soudain toutes ces choses et les faisait revivre.

Catherine avait fini son ouvrage et la mère Toutain s'apprêtait à lui verser sa journée mais la petite en décida autrement. Elle avait aperçu les encornets qui s'étalaient mollement sur la paillasse et qu'un pêcheur avait du amener. Lui vint l'idée du chef-d'œuvre culinaire qu'elle pourrait en faire.

Elle n'avait qu'à les préparer et mettre en route la cuisson au cidre. Voilà ce qui serait gagné sur l'emploi du temps de demain matin.

– En général, je prépare mon repas le jour pour le jour

– Et ben, c'est un tort. Les plats cuisinés la veille sont toujours meilleurs non ? Et ce plat-là ! Vous m'en direz des nouvelles !

Ce disant, elle fourrageait déjà à la recherche d'un ciseau. Il fallait découper les encornets, les vider de leur encre et de leur os. Revenus avec des oignons et faire des couches avec des pommes de terre en rondelles coupées très finement, arroser le tout d'un bon litre de cidre brut et laisser cuire tout doucement.

La mère Toutain l'écoutait, un rien amusée. Cette fille avait une telle énergie qu'elle en était étrangement surprenante. Soit, qu'elle fasse donc !

Mais Catherine paraissait arrêtée dans cet élan insaisissable, cherchant…

– Les ciseaux, souffla-t-elle.

– Je sais, c'est encore Alfred qui me les aura empruntés. Il découpe ses toiles expliqua la mère Toutain. Oh c'est toute une installation ses œuvres !

Elle voulait dire que le peintre usait de quelque bricolage pour donner à ses toiles les dimensions exactes qui feraient vivre ces marines étourdissantes. Elle les trouverait donc ces ciseaux dans la chambre du peintre, dernière porte au fond du couloir, premier étage.

Contemplation solitaire de cette terre inconnue qui s'offre à elle. Monde de courants presque délicats du site fluvial qu'elle ne reconnaît pas. Le tableau est posé là, sur le chevalet. Sans doute l'artiste a réfléchi encore en le regardant. De loin, de près peut-être. Le dessin est délicat et ressemble presque à une carte postale. Il y a l'éden de verdure où l'on aimerait marcher et Catherine marche dans sa tête, dans ce décor que ne blesse aucune brise. Seulement une haleine qui soulève à la surface de l'eau quelques vaguelettes qui frissonnent.

Elle voyage en dilettante, oubliant sa propre vie pour se fondre dans ce décor qui respire et qui joue avec ses propres reflets. La virtuosité du trait lui fait pencher la tête. Elle ressent une grande fraîcheur, une grande paix. C'est la Seine évidemment, fleuve vivant, incroyablement disponible. Pas un instant sans bateaux, petits ou gros qui jouent à naviguer, qui ne se refusent rien, même pas à écouter cette vague sur laquelle ils sautent, dansent et bondissent ou glissent quand elle oppose son calme. Cela arrive parfois et alors, tout n'est que silence.

Le fleuve est vide. Pourquoi, comment le peintre a-t-il pu oublier, ne serait-ce qu'une pauvre barque de pêcheur ? Le ciel, trait pour trait, est réel. On croit deviner le secret qui l'anime, propriétaire de légers nuages épars qui voguent là haut comme les amants de la reine des vents.

Catherine avance sur le parquet qui craque. Elle a rendez-vous ce soir dans cette composition fabuleuse, en visiteuse étrangère. À côté du chevalet, la palette repose sur la boîte de couleur. C'est une œuvre folle et presque sauvage. C'est l'autre côté du miroir. La jeune fille y lit la vision délicate des nuages en touches fondues, le dessin vigoureux de l'arbre dont le cœur bat si fort qu'il a tout éclaboussé les verts, et ce fleuve de l'automne dernier dont les potins n'ont pas encore été étouffés par l'habile technique. Elle ouvre la boîte. C'est un cœur à nu. La douceur et l'enfer. Le sang du peintre.

Osera-t-elle ?

Elle veut « jouer » elle aussi mais le sang qui lui bat aux tempes n'a rien de délicieux. Elle va mettre le blanc d'argent ou d'argile. Une pointe de bleu ou peut-être ce blanc encore, d'azur-brume ou lunaire, sur un coin de la palette, un petit coin qui ne va pas déranger l'ordre des choses. Elle trempe le pinceau et s'approche de la toile. Ses yeux se ferment. Elle esquisse en souriant ce petit bateau qu'évidemment elle ne peindra pas, même si elle rêve éveillée qu'elle est le peintre et que cette toile est son œuvre.

Elle n'a rien entendu, perdue dans son rêve délicieux qui la chavire et la transporte. Elle retient juste ce petit cri aux bords de ses lèvres quand l'auteur du tableau enserre dans sa main, la main muette de Catherine. Vogue frêle esquisse qui naît sous ses yeux agrandis, à l'endroit exactement choisi par elle, pour qu'il ait devant lui la promesse de la course des courants.

Parallèle inconnu des humains quand leur vie se reflète et s'imite. Louis et sa grande sœur Catherine viennent de vivre une commune aventure quand l'amour porte et fait s'envoler les rêves les plus fous.

18

La mer était étale. Moment exact où les courants s'inversent, la marée haute, la marée basse. Mécontente quelques heures plus tôt, elle s'était apaisée, toute colère envolée. On traînait le chalut depuis une demi heure et le bateau y allait de bon cœur. Très marin, il mettait en pêche sans sourciller, montant et descendant à l'assaut des vagues furieuses, et la brise qui le propulsait l'emportait dans un jeu d'adresse, adroit et vif. À cet instant pourtant, vent nul et et mer belle aurait-on pu lire sur un journal de bord et cette danse Saint-Guy s'était arrêtée presque instantanément. Julia jetait à son père un regard interrogateur. Est-ce que tout cela était bien normal ? Ni le tangage ni le roulis n'avaient eu d'effet sur elle. La troisième et dernière palanquée était à remonter. Comme il avait eu peur le marin à la première remontée du chalut ! C'est qu'il fallait des bras courageux pour ramener à bord la poche ruisselante. Autant profiter de ce moment de l'étale pour ce faire.

– Le chalut est plein, des morues.

Les mains raidies et douloureuses agrippèrent les mailles et l'homme de la mer et sa fille ahanèrent ensemble dans un même effort, ramenant maille après maille en s'arcboutant. On entendait déjà revenir les mouettes à l'affût. Déjà, la houle reprenait du galon mais ni l'un ni l'autre n'en firent cas tant l'ouvrage était grand.

– Tire d'un coup sec matelot, libère le filin.

Julia prépara la manœuvre, campée sur ses deux pieds, indifférente à la danse folle du bateau et mit toute son énergie pour ce geste qui demandait grande force. En tirant sur le filin, elle libéra la poche. Cette fois-ci encore, elle réussit avec succès et les morues s'étalèrent en glissant sur le pont comme des savonnettes gluantes. Le père siffla d'admiration mais entreprit sans pause le tri de chaque poisson appelé à rejoindre telle ou telle caisse suivant la grosseur. Sans échanger une parole, la petite imita son patron de père, saisissant les bêtes qui filaient entre ses mains, ce qui le faisait rire.

Attention, passage dangereux. Le père, les yeux perçants de tant d'attention, manœuvra adroitement et le bateau décrivit un demi arc de cercle, là où l'écume trahissait quelques courants contraires.

– Elles sont là d'ssous les goélettes ? demanda Julia.

Il y en avait une en effet datant probablement du XVIe siècle. Le père Marchal connaissait par cœur ces coins dangereux. Il y promenait son chalut à la crevette qui adorait ces caches. Il était adroit mais pas infaillible. Plusieurs chaluts s'y étaient accrochés et irrémédiablement perdus. C'était le prix à payer.

Le pont dégagé, le chalut ramené, les planches embarquées, il restait la toilette du petit navire qui se faisait à la brosse et à grande eau. Julia s'y attela, frottant sec, puis d'un balai grossier fait d'un manche au bout duquel on amarrait quelques chiffons, elle acheva d'effacer toute trace de « breuilles ». Cependant, le marin ayant repris la barre, mettait cap vers le port. Elle pouvait se reposer enfin, nez au vent, ses longs cheveux roux pavoisant dans le souffle marin. Tranquille, tout accompli, le père admirait son enfant courageuse, et c'était drôle ce calme profond logé là dans la poitrine comme un trop grand bonheur. Les paquets de mer venaient claquer contre l'étrave et l'on filait dans le noroît à contresens de la marée descendante.

Ce fut d'abord un murmure qu'il perçut et qui se mélangeait à la lame se brisant contre la coque, les gémissements des haubans, et le vent malmenant qui cinglait les joues rougies de froidure et qu'elle prenait, elle, en plein visage. Et malgré cette folie remuante qui à lui, coupait la respiration ; il entendait ce chant merveilleux qui bousculait son âme endurcie.

Le marin offrait sa main tendue sous le vent vers la silhouette qui se tenait au cordage de la proue, regardant devant elle la brise qui soufflait et verdissait l'horizon comme pour dire à Notre-Dame-de-Grâce au large de sa falaise où l'on passait : Tenez Ma Dame, ce chant bouleversant, je vous l'offre comme ma propre vie et la feuille de bois qui est mon bateau mais oh Sainte Vierge, prenez soin de ma sirène, ma belle enfant.

Sur le quai, des hommes attendaient, visages tendus de ceux qui s'apprêtaient à vivre la gravité qui va suivre. C'est curieux parfois comme la nature se fait l'écho d'événements terribles. Comme une armée tumultueuse, les nuages avaient tout obscurcit. L'eau tourmentée de l'avant-port était entrée dans le port. Noir de chine de ce ciel prémonitoire qui se reflétait à sa surface.

– Tiens, tiens, disait le père au regard scrutateur. Y z'ont pas perdu de temps !

Qui étaient ces hommes, qui n'avait pas perdu de temps ? Ceux du bistrot, dénonciateurs sans scrupules, s'offrant ce jeu effrayant d'événements ronflants, ou marine vigile à l'affût permanent ?

– Qui sont-ils père ? demandait Julia qui sentait un frisson lui parcourir le dos.

– Malheur à nous !

Embarquement illégal, pas de « rôle » pour le nouvel embarqué. La loi Colbert, mon dieu, la loi Colbert !...

Sa voix rauque avait l'accent du désespoir car il savait déjà qu'il n'y aurait pas de quartier.

Il s'agissait de l'autorité, les Affaires maritimes.

Ils accostèrent et lancèrent le boutre pour l'amarrage. Les hommes de la loi s'en emparèrent et firent la manœuvre. Julia sentit leur nervosité sur ce quai qui les séparait encore d'eux. C'était comme une fièvre, une excitation menaçante.

Elle eut peur soudain. Oui, effrayée par la terrible perspective qu'elle ressentait dans sa chair. Elle aurait voulu s'accrocher à son père, comprenant petit à petit sa responsabilité coupable.

Debout, fier, le marin, maître à bord, avait encore pouvoir de décision. Il lui fallait décharger sa pêche. Il le fit, bouillonnant de révolte contre cette autorité brutale, mais qu'il contint de toute sa force. Julia passa les caisses pleines de poissons et le père les envoya l'une après l'autre, d'un coup de rein sur le quai où les hommes les empilaient. La dernière caisse envoyée, le père se retourna vers la petite.

– Sois courageuse, ils vont m'garder au frais mais je n'y moisirai pas.

Il sembla à Julia que, tout autour d'elle prenait feu, qu'une masse liquide la flagellait en douches glaciales. Il prit dans ses mains calleuses et roides, les petites mains de Julia et les regardant.

– Fais attention à elles, c'est avec ces mains-là qu'tu caresseras tes enfants !...

Puis il débarqua et dans un rêve maudit elle entendit :

– René Marchal ? Vous êtes aux arrêts, veuillez nous suivre.

– Pas les menottes, j'ai point tué personne.

Comment comprendre quand on a treize ans et que l'on est une douce petite fille, même si elle venait de le prouver, elle pouvait être forte, fière et digne fille de pêcheur, que la loi était implacable quand on était « petites gens » et que le sort s'acharnait souvent sur les plus miséreux ? Comment aurait-elle pu savoir que la première femme marin en France qui aurait enfin le droit de naviguer sur les bateaux de pêche, de commerce ou de guerre, naîtrait en 1926, qu'elle porterait le nom de Sonia Borodesky et que cette fichue loi Colbert en vigueur dès le XVIIe siècle serait abrogée en 1963 ? Il disait à nouveau :

– Non Messieurs, les menottes sont pour les criminels, j'n'ai point tué personne !

Oh non il n'avait tué personne ce marin qui n'aurait même jamais écrasé une fourmi. Julia eut à cet instant un flash remontant à la petite enfance de Louis où il s'amusait à écrabouiller innocemment les petites bêtes qu'il attirait d'un quignon de pain beurré.

– Pourquoi fais-tu cha Louis, elles ont comme té le droit de vivre. Toute vie est précieuse.

Les larmes roulaient sur ses joues rondes de l'enfance qui la quittait pour toujours, et dans le dos de ce père qu'elle chérissait et qui s'éloignait entouré des deux représentants de la loi maritime, elle hurla au vent salé comme une bête à l'agonie, fracassée par l'horreur et ressentant dans tout son être un creux béant qui fouaillait la réalité de son drame.

Les marins témoins de la scène s'étaient rassemblés, ceux du port, ses ennemis ?, ces amis qui sait, ceux de sa famille de pêcheurs et de misère en tout cas. Il y en eut un plus audacieux qui l'attrapa, la serra pour qu'elle étouffe ses sanglots contre son cœur.

19

La lumière tombait en pluie du deuxième étage de la tour lanterne. Les effets d'ombre magnifiaient la pierre de la cathédrale Saint-Pierre-de-Lisieux. Violet Le Duc avait parlé de cette sculpture fort délicate proche de l'orfèvrerie et Louis qui bien sûr, n'avait jamais entendu parler de l'architecte qui avait restauré autres autres la basilique de Vézelay, Saint-Germain-des-Prés, Notre-Dame-de-Paris et même la cité de Carcassonne, posait sa petite main d'enfant sur l'une des huit colonnes qui s'envolaient vers des abîmes incommensurables de drapés de pierre jusqu'à la croisée du transept. La tête presque renversée en arrière, il recevait cette lumière tamisée venant d'en haut comme une bénédiction.

– C'est haut mon père, comment ça tient tout ça ?

Comme il était heureux l'abbé Conrad à cet instant, se disant qu'il était bon de faire connaître à son élève toute cette architecture, toutes ces merveilles de pierre.

– Regarde Louis, ces œuvres.

Il montrait du doigt les vitraux qui vivaient de la lumière pourtant pauvre du dehors. Sainte Élisabeth,

Sainte Cécile. Un christ bénissant ou cette œuvre reprenant un thème des évangiles apocryphes représentant la jeune Vierge offerte à Dieu par sainte Anne et saint Joachim. Tout cet agencement de verre !

Louis jetait un œil rapide et continuait sa déambulation. Il s'arrêtait plus loin dans la travée côté nord où la lumière encore diaprée des vitraux aux cent couleurs canalisait une sorte d'énergie propice à un recueillement presque joyeux.

Posée sur son bloc de calcaire, la statue d'une hauteur d'un mètre cinquante représentant une Vierge à l'Enfant reprenait presque les proportions de l'enfant Louis. En cela sans la connaître, elle aurait pu lui sembler presque familière. Si ce n'était cette chape sacerdotale quasi féminine dont elle était revêtue, la vierge debout lui renvoyait une douceur si humaine que l'on oubliait sa qualité de pierre. Et ses mains, ses mains si fines et dépourvues de raideur, avaient un modelé qui invitait à la caresse. Louis se haussa légèrement pour venir poser le bout de ses doigts sur cette main gracile. Un cœur de mère pensait-il. Comme il avait de la chance cet enfant d'être porté par elle.

Les yeux dans son regard, on aurait pu croire qu'elle allait ouvrir ses lèvres pour lui dire… Bonjour Louis…

– Bonjour Monsieur Martin, quel plaisir…

Il se retourna à demi, vit son curé à côté de cet homme barbu, à bon visage, qui se tenait tout près. Les deux hommes se serraient les mains.

– Vous me reconnaissez, mon père ? Voilà bien pourtant longtemps.

Comment oublier cette partie de pêche à la ligne mémorable qu'ils avaient partagée entourés d'amis communs, ceux du cercle catholique ? Le curé s'esclaffait doucement à la hauteur du respect des lieux. Douze truites chacun, il s'en souvenait encore. C'était il y a…

– Sept ans mon père, l'année de mon mariage avec Zélie ma charmante épouse.

Mais oui Zélie ! Il s'en souvenait ce bon curé. Une sainte femme, dentellière, chef d'entreprise.

– Comment vont vos affaires mon cher Louis ?

– Pour le mieux mon père.

Lui, tenant boutique d'horlogerie et d'orfèvrerie, aidant également son épouse. Il n'eut alors qu'un élan verbal spontané, dépeignant l'absente avec force admiration qui faisait le reflet de l'amour entre ces époux, celui de l'amour du Christ disait-il.

– Votre petite famille ?

– Marie 5 ans, Pauline 4 ans, Léonie 2 ans.

– Mon Dieu, quelle bonheur dans votre foyer !

Leur grand bonheur en vérité. Zélie aimait ses enfants « à la folie » disait-elle, elle qui disait avoir eu une enfance « triste comme un linceul ».

– Nous avons eu quelques grands malheurs aussi, mais n'est-ce pas la volonté de Dieu, mon père ? Nous devions vivre ces épreuves pensons-nous.

Zélie sous ses airs de grande bonté, avait l'énergie d'une femme de tête et un don de soi qu'elle partageait avec son cher époux dans l'union d'une seule chair et dans une charité conjugale très profonde. Elle avait dit « Le mieux est de remettre toute chose entre les mains du bon Dieu et d'attendre les événements dans le calme et l'abandon à sa volonté ».

Le prêtre qui tenait toujours la main de ce Monsieur Martin serrée dans les deux siennes, prouvait sa grande joie de cette rencontre fortuite et si agréable pour lui semblait-il. Le petit Louis entendait encore :

– Vous venez donc de temps à autre au pays lexovien je vois.

Pays du frère de sa femme, Isidore. Et dans cette merveilleuse cathédrale de Lisieux, dont la pierre se faisait l'écho de son état d'orfèvre et à quelques endroits, dentelée comme le point d'Alençon, fidèle à Zélie Martin avec laquelle il ne faisait qu'un. Cette merveille si fine, à l'image de son âme !

– Mon bon Louis, je vous sens si heureux ! Comme vous me voyez en joie.

Il se souvenait maintenant comme il avait connu ce charmant homme encore célibataire à 34 ans, ce qui désolait sa mère. Vivant difficilement le refus de son entrée au monastère du Grand-Saint-Bernard.

– Vous avez une mémoire extraordinaire mon père. Vous souvenez-vous de tous les détails concernant les vies de vos ouailles ?

Mais comment ne pas se souvenir de cet homme jeune encore à l'époque, attiré par la vie monastique, brisé, oui c'était le mot, parce que son ignorance du latin, objet du refus du monastère, avait brisé sa vie, croyait-il à cette période. Cet homme qui se levait aux aurores chaque matin et qui n'avait dans la tête que jeûne et prières.

– C'est bien toujours le cas mon père. Cinq heures trente chaque matin ! Notre vie est faite de calme et de méditation. Nous avons la devise : Dieu premier servi !

Mais, il savait rire aussi, raconter des histoires, l'abbé Conrad se souvenait de lui comme d'un joyeux compagnon. Ce disant, ce charmant homme regardait l'enfant qui caressait les mains de la Vierge. Interpellé, il demanda.

– Qui est cet enfant mon père ?

Ah le petit Louis ? Un enfant de pêcheur. Un pauvre gosse qui ne savait ni lire ni écrire.

– Mais il sait compter, très bien même. Je le crois intelligent, en tout cas, doté d'une grande sensibilité. Mais vous savez, dans ces familles populaires, difficile de sortir de cette condition.

… Si je peux en sortir un murmurait-il, tout à sa pensée.

Mais voilà que le curé Conrad voyait arriver son *alter ego*, le prêtre de cette paroisse.

– Je vous laisse, mon bon. Mes hommages à votre épouse.

Que la sainteté qui faisait partie de leur projet de vie soit une lumière pour tous les souffrants, les malades qui venaient à eux

– À très bientôt mon père, ravi de vous avoir rencontré.

Louis ne broncha pas quand le grand monsieur vint à ses côtés. Regardant lui aussi la statue aux élégantes proportions, il vit l'enfant qui arrêtait son geste, un peu gêné, comme s'il était surpris dans une émotion intense. Étrange attitude que celle de ce petit caressant la pierre. Il sourit comme si tout cela était naturel.

– Tu aimes les statues… Louis, je crois ?

Il reçut deux yeux francs, pailletés d'or et l'homme ressentit presque une onde bienfaisante à la vue de la beauté du petit.

– Je crois… je crois que j'aime la pierre. C'est si doux !

– Connaissait-il un métier qui s'appelait « tailleur de pierre » ?

– Tailleur de pierre ? répétait le gamin, savourant le terme comme un bonbon sucré. Tailleur de pierre ! Cela existe donc ?

Monsieur Martin fit un grand geste du bras qui balayait l'ensemble des ogives, les colonnes massives, toute cette grandeur immense. Qui croyait-il, avait construit toutes ces beautés, qui avait donné à ce chœur cette élégance, cette perspective austère d'une grande sobriété, cette harmonie rayonnante ?

– Des hommes Louis, des tailleurs de pierre, des compagnons.

Le petit détaillait l'homme bien habillé, la bonté paisible qui émanait de lui

– Vous êtes un ami de M'sieur l'abbé ?

– Nous nous connaissons depuis longtemps. C'est un brave homme n'est-ce pas ? Nous avons été à la pêche ensemble, à la chasse aussi. Tu aimes la chasse Louis ?

Le petit eut une moue qui marquait sa désapprobation.

– Mon père disait…

Il marqua une pause comme si de parler de son père lui était douloureux.

– Moi j'aime pas tuer… mon père disait que… toute vie est précieuse.

– Ton père avait raison.

Puis, sans trop regarder l'enfant qu'il pensait orphelin, il crut bon en parler, là dans cette église où des miracles de douceur pouvaient venir sur les âmes comme un baume précieux

– Ton père est mort Louis ?

– Non… enfin oui, peut-être. L'est presque mort disait-il dans un murmure.

– Il est malade alors ?

Pas une larme dans ce petit visage triste qui regardait à présent la Dame au front ceint d'une couronne de fleurs. Il en était tout chamboulé le grand monsieur si bien habillé. Louis sembla puiser dans ce regard éteint qui conservait quelques traces de polychromie.

– Il est en prison.

Pauvre enfant pensa aussitôt l'homme qui se sentait malhabile à parler de ces choses et de la tournure qu'elles prenaient

– C'est de ma faute, continuait le gosse.

– Oh mais non !

Pourquoi expliquer à cet inconnu ce qu'il ressentait, son dégoût de la mer, l'offrande de sa sœur qui par cet acte, ce don d'elle-même, avait mis son père dans une situation illégale et l'avait conduit directement derrière les barreaux ? C'était cela qu'il demandait à la Sainte Vierge : Oh Ma Dame, vous qui êtes notre lumière, éclairez de votre bonté nos vies de misère. Redonnez-moi mon cher père !…

– Et ta maman ?

– Oh ma mère…

Dure, si dure… pourquoi le dire. Impossible bien sûr. Quand on est si peu aimé d'une mère… cette souffrance-là ressemble à un cœur en lambeaux. Instinctivement, monsieur Martin leva la tête vers l'élan vertical qui montait en grandes arcades vers la naissance des voûtes, pria la lumière céleste de venir se poser un instant sur la vie des souffrants, comme cet enfant dont il ressentait le désarroi pudique et comprit l'illusion que l'on avait parfois à croire les choses plus simples qu'elles ne l'étaient en vérité. Oui, comme cet enfant était sensible, comme il était malheureux.

– Comment s'appelle ta maman ?

– Thérèse. Pourquoi ?

– Je vais prier pour elle. Tu sais Louis, si les gens sont durs parfois, c'est qu'ils sont souvent malheureux.

Il prit l'enfant par les épaules, disant que c'était vrai qu'ils ne se connaissaient pas, mais que cela n'était pas nécessaire pour s'aider.

Il allait lui dire quelque chose de très important. Il avait trois petites filles et si le bon Dieu lui en donnait encore une il l'appellerait comme sa maman.

– Elle s'appellera Thérèse Martin alors ?

– C'est cela Louis, Thérèse Martin. Et je suis sur qu'elle priera pour le salut des âmes perdues.

Et lui, petit Louis, qu'il apprenne, au plus fort de son cœur, qu'il y mette toute son âme, toute sa force. Il promettait ?

– Pour que ton père un jour, soit fier de son petit garçon !

L'enfant lui dédia un sourire si charmant que cet homme crut entendre, dans le silence abyssal, rire et chanter à la fois, tous les anges qui s'en faisaient l'écho, telle une promesse bienheureuse.

– Ne bougez pas, ne bougez plus ! s'écria Catherine.

Julia et Louis, statufiés tout à coup, comprirent instantanément l'élan de leur sœur. Julia sans oser bouger la tête, parlait en ouvrant à peine la bouche.

– Cath, j'ai mis la casserole su l'feu !

– Je m'en occupe mais je t'en prie, ne bouge pas !

La jeune fille courut presque à la cuisine, baissa la flamme et dans la même course, récupéra crayon, toile et deux tubes de couleur. Elle commençait déjà à tracer, fébrile, l'amorce d'un croquis. Surpris le frère et la sœur lui demandèrent d'où venait ce matériel.

– Dis donc s'exclamait Louis, c'est une vraie toile ! Une toile comme les peintres ?

– Sisley ! Un sacré peintre, un artiste. Je suis sure qu'on s'arrachera ses toiles !

– C'est chez la mère Toutain qu'tu l'as rencontré ? C'est lui qui t'as donné tout cha ?

Catherine, absorbée toute entière, avait déjà franchi le rempart des vivants, s'envolant dans les airs où tombait la neige, où le blanc de l'ombre ne permettait plus de distinguer le ciel de la terre. Une évasion dans la solitude de celle qui créait, laissant les tourments qui maintenant ne la concernaient plus. Pourquoi parler à présent, puisque cette tempête anticyclonique qui l'embrassait toute, ne s'était pas chargée de prélude.

Comme elle était belle, dévorée par cette foudre !

La vie semblait s'être arrêtée pour ces trois-là. Deux enfants modèles sans artifice, pris sur le vif et qui pourraient ravir le monde en le dépouillant de faux-semblants et de laideur. Deux beaux visages séraphiques qui se regardaient avec une innocence toute primaire, avec une quiétude que la vie souvent, sacrifie au profit d'un équilibre bien précaire, l'esprit débarrassé de ce que les yeux demandent.

Ils se regardaient donc, le frère et la sœur et Catherine tout en les croquant, se demandait d'où venait cette couleur de la déesse-feu de la chevelure de Julia, quasi surréaliste de plages célestes aux sables rouges, et le regard que Louis jetait sur elle. A-t-on idée de ce qu'est un ange ? Un rêve voluptueux, une méditation pure, un vol de papillon ?

Comme son crayon s'envolait, privé de toute autre préoccupation, tandis que derrière la fenêtre le ciel se griffait du sombre soir tombant, elle achevait le long déroulement du noir et du blanc qu'elle alternait comme un voyage enivrant, du bout des doigts et d'un pinceau dont on voyait qu'il avait déjà vécu la pensée d'un autre.

– Chante Julia, demandait Louis. Je m'endors.

– Ça t'dérange point Catherine ?

– Non au contraire !

Alors cette voix inimitable s'envolait doucement, les enrobait d'une caresse légère et l'esprit s'évadait avec elle vers des horizons étranges où l'amour semblait être à portée de main.

La porte s'ouvrit largement, exaspérant l'atmosphère. La mère rentra, dégoulinante, le cheveu plat, fidèle à son sens de la désolation.

– Ah voilà !…

C'était dit de la jeune artiste comme un couperet qui tranchait l'instant magique et engendrait l'avortement de cette parenthèse merveilleuse qui unissait les trois enfants.

Sans plus d'égard, elle réclamait une aide, l'ombre de son fichu fleuri comme un soleil éteint qu'elle extirpait sans douceur de ses épaules et qu'elle voulait que l'on mît à sécher près du fourneau. Dans ce geste qui était la réplique de son fardeau de travail, on lisait la fatigue des jours qui se ressemblent, le travail de force sans douceur et l'aube et la nuit dans une même rudesse de jours sans fin.

Pourquoi n'avait-on pas mis la table, pourquoi le « fricot » refroidissait sur le bord du fourneau ? La maison semblait sale, elle était sûre qu'elle était sale. Allait-on se prélasser sur les chaises et cultiver longtemps cette paresse qui à présent la faisait crier ?

– Oh mais créyez pas qu'ça va dûrer mes gaillards !

Sortir de la rêverie demande un certain temps. Louis, plus malléable parce que plus jeune, peut-être plus tendre aussi, jetait un dernier regard à Catherine qui rangeait ses tubes et qui dans un sourire, l'étreignait de tendresse.

Julia s'était précipitée pour exécuter les ordres, pas dans une conception respectueuse de condition féminine mais pour marquer ce qu'ils n'avaient rien fait de mal et apaiser la colère matriarcale.

La mère continuait, agressive, s'érigeant contre ce labeur qu'elle seule semblait porter. Comment se demandait-elle, trouvait-elle l'énergie le soir venu de tenir la maison et faire vivre le foyer ?

Oh pauvre d'elle qui se regardait pleurer au dedans, et dont personne assurément ne se préoccupait.

Certainement pas ces gosses qui allaient achever de grandir et « dégager » !

Ah oui, vivement qu'ils dégagent !

Catherine vit soudain dans l'ombre de la pièce, un petit bout de visage de Louis. Et cette tristesse infinie acheva de lui mettre dans le cœur la colère que depuis un moment, elle sentait sourdre. Elle fixa la mère, les yeux noirs à force de fixité et se mit à parler vite, très vite, le regard brillant, fiévreux.

– Tu arrêtes ton cirque !

Ça n'était pas de leur faute si elle était fatiguée. Ils avaient fait leur part. Le repas était prêt. Tout était rangé.

La mère se retourna comme du vif argent, exhibant les manteaux en vrac sur le banc, toute à sa mauvaise foi.

– Et cha, c'est rangé peut-être !

De la cuisine, on entendait Julia remuant quelques casseroles, ouvrant et refermant un placard, faire diversion.

– Tu veux que j'épluche les maquereaux ? demandait-elle.

La mère ne lui répondit pas, se tourna vers le petit garçon qui fixait sa grande sœur, les yeux emplis de questions qui devenaient des larmes.

– Tu rembarques Louis. Tu vas naviguer avec Pierrot qui va prendre le batiau d'ton père.

Puis, dans une éructation mauvaise :

– … En attendant qu'il sorte de sa geôle !

Ah comme elle était bien trouvée cette méchanceté incroyable. Comme elle touchait juste, le petit homme, le plus faible, le plus doux de la fratrie

Le cri que l'enfant poussa fit l'effet d'une bombe assourdissante. On entendait déjà le bruit de la porte qu'il avait ouverte sur lui, s'envolant dans la rue comme on échappe à une destinée terrible.

Catherine s'était précipitée et criait sur le pas de la porte :

– Louis ! Louis ! Louis !

Dehors, il pleuvait. Il faisait noir bien sûr. Elle referma la porte, prit son manteau et celui du gosse sur les bras et sans plus de parole, sortit et s'enfonça dans la nuit.

La mère, dans sa colère mauvaise, se penchait dans l'encadrement de la porte et criait à son tour.

– De la route, de la route !

Ce qui dans son jargon, voulait dire : dehors !

Julia, les bras le long du corps ne savait plus que dire, toute parole coupée face à des événements qui montaient crescendo et d'une manière si disproportionnée. La femme se retourna, les yeux éjectés face à sa dernière fille dont elle perçut le regard horrifié.

– Tu vas la mettre cette table !

Julia secoua la tête doucement, abasourdie, nauséeuse.

– Mange les tes péssons, moi j'ai pu faim.

Elle allait quitter la pièce elle aussi, mis autour d'elle la cape et s'apprêtait à sortir à son tour quand elle se retourna. Dans ses mains, elle tenait encore ce morceau de dentelle délicate que Louis avait ramené de Lisieux, cadeau d'un brave homme, inconnu, mais qui avait su écouter son petit frère.

Elle posa la frêle œuvre sur la table.

– Tiens, c'était de la part de ton fils. Il t'attendait avec tellement d'impatience !

Cette fois, elle était seule.

Elle regardait la pendule bêtement vivante, le banc qui supportait son seul fichu esseulé qui s'égouttait sur la tomette et le chat dérangé qui reprenait son attitude lascive. Elle n'avait plus d'énergie et vivait ce passage à vide qui hésite entre abattement et colère. Elle s'assit, seule face à elle-même, écoutant le vide qui ressemblait à sa vie, ce vide qu'elle se complaisait à construire et à s'en plaindre. Elle regardait sans le voir le napperon de dentelle sur la table dont un pan tombait dans le vide. Au bout d'un moment, elle le prit dans ses mains, le tritura comme n'importe quelle chose qui n'est là que pour faire réfléchir. Puis, ses yeux se fixèrent sur le point merveilleux de cette dentelle d'Alençon. Malgré elle, ils admiraient le haut niveau de savoir-faire, tous ces points représentatifs des décors, les remplis qui créaient les ombres, les brodes pour les reliefs. Comment son jeune enfant avait-il pu être en possession d'un tel trésor ? Fallait-il qu'il eut été apprécié ou bien qu'il eut marqué les esprits. Elle aurait été encore plus étonnée si elle avait su que pour faire un centimètre carré, il fallait à une brodeuse professionnelle plus de sept heures de travail.

Son esprit s'apaisait comme s'apaisent même les colères les plus vives. Elle prenait conscience de sa fatigue, la rendait responsable de ces attitudes. Elle n'avait pas l'idée de se dire que ses actes étaient mauvais si ce ne n'était pour se plaindre de son sort. Elle se sentait incomprise, mal aimée, jalousant même son homme à qui elle le savait, allait l'amour de ses enfants. Pas un instant elle pensa qu'elle aurait pu changer, mériter même cet amour qui semblait-il lui revenait de droit. Un flot de malheur lui remonta à la gorge et les larmes arrivèrent, salées, défigurant encore le visage bouffi par la dernière colère. Elle enfouit son nez qui coulait dans la dentelle délicate et sans plus d'égard à l'œuvre jolie, elle se laissa aller à son chagrin solitaire.

20

Les jours s'enfuirent, identiques et désœuvrés, rue l'Homme-de-Bois.

Pendant les quatre mois qui suivirent, Louis dut assumer son devoir de petit marin, non pour s'assurer un salaire mais pour faire vivre le bateau qui rapportait à la mère de quoi remplir sa voiture des quatre saisons. Il n'y eut pas grande joie en ces jours mornes car le père manquait horriblement à ses enfants. Le Pierrot qui commandait le bateau prenait également pour sa gouverne le lot du patron. Malgré tout et étant donné les circonstances, Louis percevait celui d'un matelot confirmé qu'il reversait dès la débarque dans le tablier de la mère.

Ils étaient rares les temps bénis où il courrait chez l'abbé Conrad, ce dernier serrant les dents pour ne pas nuire à la famille nécessiteuse. Prudent, il donnait à l'enfant quelques cours de français, de latin ou de grec mais Louis, épuisé par ses nuits à la mer, s'endormait sur les pages.

Pourtant, la métamorphose avait commencé à s'opérer, et si les lendemains enchanteurs n'étaient pas pour bientôt, cette graine semée dans l'esprit du petit étonnait l'homme de Dieu qui assistait à cette puissante volonté dont l'enfant faisait preuve.

Il y avait bien des moments où un caractère si fort soit-il peut vaciller, parce que l'épreuve de la mer restait pour lui rien de moins qu'atroce, parce que son âme était tourmentée d'une manière indescriptible par les pensées de son père dont le procès s'ouvrirait au printemps prochain. Comme il était long ce temps où l'on s'affairait à condamner un pauvre pêcheur ! Pourquoi celui-ci avait-il été à ce point aveugle ou attentif à ne rien voir des lois maritimes ? Louis retournait sans cesse cette question dans la tête et s'abandonnait à l'impuissance et l'incompréhension. Il se sentait coupable bien sûr et usait son énergie et sa belle sérénité qui était pourtant un trait de son caractère. Pourquoi toutes ces épreuves ? se demandait-il.

– Dieu seul le sait, répondait le prêtre qui était ému de voir le petit garçon courageux refouler ses larmes.

Pourtant, un début de réponse aurait pu être fourni par l'arrivée d'une lettre envoyée par son père. Elle n'était pas écrite de sa main puisqu'il ne savait pas écrire mais, disait-il, Louis saurait la lire et en cela, le curé comprenait la lente réflexion de l'homme et son approbation sur la nécessité du savoir.

Il décrivait peu ses journées que l'on devinaient difficiles, disait apprendre à ne pas penser. Ou plutôt, se plaisait à penser à son petit garçon qu'il rêvait devenir érudit.

– Allons Louis, disait Conrad, voilà l'amour d'un père !

Il demandait à ce que ses enfants aidassent leur mère d'une façon ou d'une autre. Disait être rassuré de savoir son aînée ramenant une paye de l'auberge *Saint-Siméon.*

L'abbé pensait à la lecture de cette lettre, qu'elle contenait bien plus que des recommandations. L'inquiétude pour les siens en était la preuve. Mais plus encore, le cheminement évident de l'homme permettait tous les espoirs pour Louis.

– Tu vois mon garçon, il ne demande pas à ce que tu navigues mais souhaite te voir étudier !

L'enfant ne répondait pas, lui qui vomissait ses tripes à la mer, quelque-soient les directions et le secteur de la rose des vents.

Finement déjà, l'enfant Louis savait son père soucieux et qu'il aurait été moins inquiet à savoir un équipage rompu à la navigation côtière. Celui qui avait connu cette disposition difficile chez son fils, semblait montrer une grande sollicitude à son égard et ne demandait rien, n'imposait rien.

Pourtant, cette lettre mis à Louis du plomb dans le cœur et en même temps, lui apportait un grand courage et la volonté de continuer son travail de la mer pour faire plaisir à celui qu'il adorait.

– Il va te falloir penser d'une autre manière disait l'abbé.

En effet, l'émotion prenait tellement possession de l'enfant, comment étudier dans cette abîme sans fond qui ressemblait à un puits ?

Faire face au passé, expliquait l'homme de Dieu, en accordant son attention au seul présent.

– Tu vis ici et maintenant, Louis, cela ne sert à rien de revivre hier.

Il n'était pas rare non plus, continuait-il, que des gens passent leur vie à attendre. Il en voyait tous les jours lui, le curé de la paroisse de Honfleur, de ces frustrés qui espéraient l'argent, le succès, l'amour. Mais, qu'en attendaient-ils finalement si ce n'était le désir de vouloir l'avenir (mais non le présent) ?

– Ils se réduisent grandement la qualité de leur vie !

Et substituer cette aspiration au futur à une vie pleine et entière, était d'après lui, une erreur. Le fait « d'être ». Ah ! Voilà un bien grand mot mais qui résumait toute la gratitude envers CE moment présent.

– Si je vous comprends ben mon père, vous m'parlez ni d'hier ni de d'demain ?

– C'est cela mon petit, tu auras plus de courage à te sentir vivre maintenant, et maintenant c'est…

Tiens, qu'il prenne la plume et qu'il narre (il chercha le sujet) une nuit à la mer ?

– Si l'exercice est libre, j'aimerais mieux vous parler d'un arbre.

– Si fait mon jeune ami.

Que n'eut-il parlé de la mer, lui qui y retournerait dès la nuit tombée ? Bien la peine de faire ces explications, se disait le curé, donneur de leçons savantes !

Louis était déjà parti dans ses rêves d'enfant, mais était-ce un rêve ce que le prêtre lut plus tard près de la cheminée, l'enfant parti :

« Il est un ami, immobile, silencieux, grandiose
y n'répond pas quand j'y parle et pourtant
y m'dit tant de choses !
Je pose mes mains à plat sur son tronc
Je le sens alors vivant et fort
Je sais qu'y n'ment pas car cette force,
Je la sens vibrer sous mes paumes
Il est remarquable pour un œil averti
Car il est très équilibré
Ses bras forts, tout près à toucher les cieux
Mais qu'est ce qui s'rait pour moi s'il était laid ?
À vrai dire, cette même grand chose que je ressens
Qu'il est mon ami et qu'il m'aime
Assurément pour m'veni en aide
Vous trouvez cha drôle n'est-ce pas
d'êt'l'ami d'un arbre !
Que dois-je penser de moi même,
Que je suis un enfant fou ? »

Le prêtre restait coi, pensif, devant ce feu qui palpitait comme une bête malade. Les mains tombées sur les plis de la soutane et tenant longtemps dans l'une d'elle, la prose de l'enfant, mal écrite, patoisante et pourtant si belle !

Fou, Louis ? Il eut dans cette pensée, un sourire si plein de tendresse. Mon Dieu, mais quelle intelligence au contraire ! Quelle fierté était la sienne d'avoir su reconnaître cela. Que ferait ce petit bonhomme, quels seraient ses réalisations, ses accomplissements ? Il avait déjà appris si vite !

21

À la lumière du ciel qui traversait soudain les nuages, Courbet s'en donnait à cœur joie. En face de lui, la plage de Vasouy, étendue de plomb que surplombait un toit de cendre. L'éclaircie venait donc à point nommé et permettait à la toile de s'éclaircir elle aussi. Voilà qui ferait dire à Baudelaire autre chose que « son goût du laid ».

– Du lait ?

– Non, du laid. Il eut un petit rire.

Catherine, émerveillée, suivait la ligne du pinceau où n'hésitait aucun de ses désirs, aucun éclat éphémère qu'il fixait, vaporeux ou d'une fraîcheur presque nordique. Retremper ses forces à cette nature frileuse et pure de fin d'hiver, comme cela était vivifiant et remplissait de dynamisme !

Catherine enchantée par cette exclusivité, puisqu'il avait donné son accord pour qu'elle l'accompagnât, en aurait chanté sur tous les tons.

Elle se tenait pourtant calme, presque immobile, ne voulant gêner en rien le rythme et cette force active qui devenait une œuvre.

– Comme j'aime vot'peinture M'sieur Courbet. Elle est vraie !

Audacieuse, provocatrice, tout en douceur parfois. Ce qu'elle était en fait mais qu'elle ne pouvait reconnaître. Car se connaît-on soi-même quand ces contrastes forment une unité mordante, absolument sentimentale ?

Poussée par une sorte de reconnaissance teintée de réalisme, elle sentit un besoin personnel, traduction vivante de cet élan de vie qui la caractérisait si bien.

– Je pourrais poser pour vous M'sieur Courbet.

Comme cette proposition était liée étroitement à la bohème de son cœur et au don de soi !

Il eut sur elle un regard amical, mis sur la touche suivante un peu plus d'ardeur puis, lâcha :

– Tu es trop jolie ma petite.

Qui avait-il pourtant pour lui d'obstacle à peindre un idéal d'harmonie ?

Il n'aimait pas le modelé parfait, les figures de porcelaine, les êtres aux lignes pures de marbre ou de vénus. Catherine semblait approuver quelque chose, son regard perdu loin au devant dans une réflexion profonde car il ne suffisait pas d'avoir le don, encore fallait-il avoir cette intelligence du don. Sans le savoir, elle l'avait certainement. Il était facile pour elle à comprendre donc.

Voilà vingt ans déjà qu'il s'y essayait. Sa femme assoupie, poitrine offerte sur ce beau parfum de scandale, tableau refusé au salon de 1845 : *Le hamac* contenait déjà tous les débordements charnels que le peintre allait par la suite se permettre.

– Au risque de te choquer…

– Oh mais non !

– … Je peindrais volontiers chez toi ta pilosité, tes graisses, tes imperfections Incompatible avec ce corps de seize ans n'est-ce pas ?

Pour lui, aborder le corps de la femme par l'indécence d'un fessier rebondi, la tentation du désir physique en se débarrassant des conventions plusieurs fois centenaire, par une chair dévoilée, capitonnée, qui se donne et s'abandonne au sommeil après l'amour.

De quoi nourrir bien des discussions en vérité. Ah la morale publique dont dépend les œuvres ! Les textes mythiques et bibliques y avaient cours. Vive l'art moderne !

– J'suis de votre avis M'sieur Courbet répondit Catherine et l'artiste la trouva étonnamment mature.

– Voyez-vous continuait-elle, ces vagues là-bas qui frissonnent en arrivant sur le sable, on a l'impression qu'elles frémissent. De l'eau qui boue.

Le beau visage du peintre, pipe aux lèvres, s'étonnait encore.

– Comment peindrais-tu cela petite ?

Catherine se vit instantanément « beurrer » très largement la toile.

– J'y mettrais de l'épaisseur. Tiens, avec ce truc-là, la truelle miniature

– C’est un couteau à peindre.

D’abord du gris, beaucoup de gris comme la houle qui remue les fonds, mais pas avec un mélange homogène de noir et de blanc. Plutôt quelque chose d’assez grossier pour en faire ressortir les effets. Ensuite la forme des vagues avec les zones d’ombre en déposant les couches épaisses avec donc le couteau à peindre.

– Ensuite ?

(Où voulait-il en venir) Ensuite quoi ? C’était difficile à décrire. La peinture est quelque chose qui se ressent. Parfois le résultat surprend même son auteur.

– Et ben, je suppose que j’y verrais au fur et à mesure. Peut-être superposerais-je quelques teintes.

– Pourquoi ?

– Les ombres et les lumières j’suppose.

– Lesquelles ?

Elle regarda la palette de l’artiste. C’était un véritable déluge de questions.

– Et ben… Elle hésitait, tout cela je pense.

Il y avait au moins huit teintes différentes.

– … Oui, tout ça ! confirmait-elle.

Peindre ce qu’elle voyait : image presque plate, concrète, évidente, mais aussi le dessous de la vague, l’explosion d’énergie, la saveur affolante de l’iode, l’abondance de vie qui crie en vérité.

L'artiste avait repris son travail. Il semblait vivre ses couleurs comme un oxygène, et son trait avait une folie que démentait une technique et une rigueur toute personnelle.

Que pensait-il, là, à cet instant ? Que l'art ne s'enseigne pas ? Qu'elle donnait trop dans le réalisme ? Que cette gosse un peu « va-nu-pieds », en tout cas visiblement de condition très modeste, avait d'immenses ambitions artistiques ? Que son tempérament si fort n'allait pas de pair avec cette maigre condition ?

Catherine inconsciemment eut un frisson de désolation. Qu'elle était sotte de se dévoiler ainsi, de transmettre ses émotions, elle, petite Honfleuraise, fascinée par la mer. Jeune, si jeune…

Profondément perturbée, elle s'apprêtait à rebrousser chemin. La mère Toutain n'allait pas tarder à l'attendre pour le service du soir.

– Je v'as vous laisser tranquille M'sieur Courbet. D'ailleurs, il se fait tard.

Vide étrange dans son cœur comme une guerre de l'intelligence contre la misère. Elle prit donc le chemin de retour vers l'auberge et c'était un spectacle aussi désolant qu'il était possible de s'imaginer la destruction brutale d'un rêve.

Elle avait fait peut-être trente pas, le visage vers le sol de sable dur où se mêlaient quelques herbes maigres et rares, quand…

– Petite ! cria le peintre dans le vent du sud qui volait vers elle.

– … Je ne suis pas certain de te dire non pour la pose.

Ah, quelle revanche sur ce sort misérable qui sonnait tout à coup comme un coup de feu. Il entendit le rire frais et fleuri de la gamine délurée et indépendante, éclater au milieu de cette nature post-hivernale qui manquait encore de couleur.

– Vous verrez, criait-elle en retour, à nous deux, vous n'allez pas adoucir vot'peinture ! Ce sera… l'origine de la vie, je m'y engage !

Très vite, elle fut happée par le paysage qui se vallonnait et elle échappa à sa vue. L'artiste un peu abasourdi par l'aplomb de la jeune personne, s'imagina en un coup de génie, la scène possible, osée, folle, dénuée de toute retenue, impossible à peindre et pourtant !… Quelle indécence suprême se dit-il. Oserait-elle ? Oserait-il ?

22

« Étroites Amitiés » avait dit Nicolas Humbert du 22 rue Brûlée.

Ainsi s'appelaient-ils les cinquante-trois frères parmi lesquels il tenait assurément une place honorable.

Cela avait commencé par une interrogation, une curiosité qui n'avait pas échappé à Louis. Il revenait d'avec Julia de quelques courses dont leur mère les avait chargés. Passer par la rue du Puits puis par la rue Brûlée n'était pas dans leurs habitudes mais c'était le chemin le plus court et pourquoi pas. Il y passait peu de carrioles à cheval, encore moins de charrettes larges et hautes qui obligeaient à se plaquer contre les façades.

À la hauteur de ce fameux numéro 22 justement, ils en croisèrent une, lourdement chargée de bois ruisselant qui allait peu à première vue, chauffer honorablement le destinataire. C'est ainsi que Louis découvrit en face de lui, sur l'appui d'une fenêtre, la sculpture d'une équerre et d'un compas entrelacés. Sur une autre fenêtre de cette même maison, celle d'un niveau. Outils qu'il reconnut être ceux des maçons. Chose incroyable n'est-ce pas que ces sculptures si simples !

De ses lectures qu'il emportait chez lui provenant de la bibliothèque de l'abbé Conrad, il était tombé sur l'histoire des croisades liées à ce terme de franc-maçonnerie dont le curé avait expliqué peu de chose. C'était bien là tout le paradoxe et le plaisir qu'ainsi Louis y trouva. L'interdit c'est bien connu à la saveur du sel !

Il avait compris que cette franc-maçonnerie était effectivement la conséquence directe des croisades, de l'élan constructeur du XIIIe siècle. Il y avait lu l'échange d'avec les musulmans qui avait permis aux chrétiens des avancées incroyables en science, technologie, géométrie et l'élévation des cathédrales d'art gothique aux façades exceptionnelles. Des lieux de baptême et de sacre des rois de France, à la fois symbole de foi et de royauté française.

Louis n'avait pas compris la réaction de l'abbé Conrad puisque des mots comme : solidarité, respect mutuel, honneur faisaient si bien écho avec Religion. Pourquoi donc ce :

– Je t'interdis de fréquenter ces gens-là !

Et comme il est dit que le hasard n'existe pas, le curé fut appelé un jour auprès d'un mourant. Louis ce soir-là qui n'avait pas de marée prévue à cause d'une tempête et qui s'était attardé à lire au bout de la table, fut convié à l'accompagner. C'est ainsi qu'il enfila la soutanelle noire et prit la lanterne en prévision de la route du retour.

C'était un homme jeune que la mort avait frappé avec l'éclat du tonnerre, comme celui qui soudain se mettait à claquer, à ouvrir les fenêtres. À la table, les parents levaient les yeux. L'homme se retournait vers sa femme après s'être levé refermer la fenêtre. Elle, ne bougeait pas, ne pleurait pas, comme figée par cet incroyable événement.

– Ah mon père ! Vous voilà. C'est le « malfait ».

La porte s'ouvrait encore. Cette fois, il s'agissait du voisin, la soixantaine, bel habit, belle prestance, qui touchait sa casquette pour faire honneur au curé avant de l'enlever vu la circonstance.

– Nicolas Humbert, Monsieur le curé se présenta-t-il.

– Vous êtes fort savant docteur mais ça n'a pas suffit à sauver notre Maurice se plaignait le pauvre père. Le « malfait », cela aurait dû être pour moi, pas pour lui.

Ah, que le diable frappait juste, qui lui enlevait son plus cher trésor. Son regard devenait brillant, fiévreux.

– … Vous me croyez hein, vous Monsieur le curé qui est en butte avec ce mécréant !

Il s'effondrait tout à coup sur l'épaule du curé qui le prenait dans ses bras, tandis que la femme fixait la scène d'un regard perdu.

– Allons, allons aider votre pauvre fils à pénétrer dans les voies du seigneur. Attends-moi là Louis.

Qu'il y avait-il d'autre à faire que d'attendre puisque l'autre personne les avait accompagnés dans la chambre pour constater le décès,

Louis le voyait, le sentait surtout, cette désespérance qui lui était inconnue. Il y avait donc de ces malheurs pis que la sienne. Ce père effondré, cette femme, toujours assise à la table, muette, sidérée par une douleur trop infernale. Le petit, mal à l'aise s'approcha d'elle doucement, à pas menus, et posa une petite patte brune sur son épaule. Ce petit geste, d'une grande douceur, ne fit pas sortir la femme de sa torpeur. Une ombre de sourire cependant se dessinait sur son visage, un peu d'amour qui semblait venir de l'au-delà figeant l'enfant qui l'observait dans un grand silence. Ils restèrent ainsi, l'enfant inconnu d'elle et ellemême, pauvre mère que le destin avait si vivement déchirée. Il jeta par-delà les croisées un regard vers cette lumière un peu céleste qui fait un signe d'une force presque surnaturelle quand l'orage s'apaise.

Parler aurait pu paraître indécent, déplacé. Pourtant le petit murmura.

– Vous devriez aller vous reposer un ti peu M'dame.

Comme la femme ne réagissait pas, il enchaîna en désignant une porte :

– C'est ti là vot'chambrée ?

Alors, puisque perdue dans ces limbes apaisants, elle ne pouvait répondre, il lui prit la main et l'obligea à se lever. Elle le fit, flageolante et le suivit docilement comme une petite fille sage qui obéit à une injonction de ses parents.

– Que va-t-il se passer maintenant Docteur ?

Louis entendit les deux hommes, le curé et le médecin, revenir dans la cuisine. Il remonta la couverture sur la femme et quitta doucement la chambre dont il referma doucement la porte.

– Attendons-nous à de grands ravages mon père !

– Oh mon Dieu ! s'exclamait le prêtre, êtres-vous certain d'une calamité ?

– Sans aucun doute. Comme le disait un historien lorrain de 1503 : « La famine estrange est toujours la compagne de grande pestilence car l'une est comme le levain de l'autre ».

– Mais nous ne sommes plus au XVIe siècle docteur. Il y a certes de la misère mais pas au point d'y développer de telles épidémies !

– Vous avez raison mon père et là est notre chance. Il nous faut comprendre ce cas très vite et songer dès à présent à des mesures de prophylaxie publique.

– Vous ne pensez pas à… la peste ?

– La peste ?!?

Louis avait crié, tout sang vidé du corps, se faisant le témoin et l'héritier de tous les maux venus du fond des âges : les hivers rigoureux, les chaleurs insupportables, les invasions d'insectes, les guerres, la famine, les tremblements de terre. Mais dans ce petit port de pêche qui s'ouvrait sur la mer, protection majeure de l'air pestilentiel, loin des grandes zones peuplées, comment cette désolation aurait-elle pu sévir ?

Que l'on vit plutôt : les marais stagnants, les fossés profonds emplis d'eau pourrissantes, ces ruelles étroites bordées de maisons collées les unes aux autres, malsaines, miséreuses, ces cimetières dans la ville où les tombes transpiraient les eaux purulentes, des corps inhumés sous les dalles des églises, et les rats, vermine grouillante, que l'on voyait courir et sauter par-dessus les filets d'eau des rues.

– Ne t'inquiète pas petit. Il ne s'agit pas de la peste.

– Une punition des méfaits des humains ! clama le prêtre.

Le médecin modérait :

– Les phénomènes graves ne sont pas toujours un châtiment d'une justice divine face à des actes honteux

– La gravité de celle-ci est bien au-dessus des ressources de votre médecine attaqua le curé.

Ce à quoi, surpris, l'homme savant répliqua :

– Et qu'en savez-vous curé ?

De cela, Louis prit note du ton qui montait et l'oubli du « Monsieur » quand le médecin s'adressa au curé. Humbert effectivement se sentit atteint dans sa fonction. Le curé continuait :

– Parce que bien des pauvres souffrant de l'affection en question vinrent à moi en la chapelle de

Grâce où sainte Geneviève qui fut priée, opéra parfois des guérisons miraculeuses.

Il continuait, sûr de ses propos et comme un témoignage sans faille.

– … Allez donc en cette chapelle, si toutefois vos sacerdoces vous y autorisent et vous verrez les ex-voto qui en tapissent la pierre.

Glacial, le médecin répondit :

– Alors, il est bien regrettable que ce pauvre jeune homme n'ait pas été recommandé de vous qui eussiez pu dire prime messe chantée pour les feux-dieu !

– Ne parjurez pas malheureux ! Ce feu du mal des Ardents, je l'ai vu. Il est terrible et consume la chair et la sépare des os au-dessous de la peau. La douleur et l'ardeur tuent mais pas avant que tous les membres ne soient rongés et détruits.

Plus de mille ans d'histoire montrait que l'intervention des saints opérait des miracles. Mélanger l'eau bénite à la cire fondue des cierges devant l'autel faisait disparaître, à ce que l'on racontât, le feu caché dévorant.

Feu sacré : « *Ignis plaga, ignis sacer* » comme on disait en Italie. Feu caché, gangrène, pourriture, pestilence !

Le petit visage de Louis était devenu livide. Son regard allait de l'un à l'autre puis se fixa sur le médecin qu'il trouvait courageux de tenir ainsi tête au curé. Ce dernier de toute évidence, se sentait porté par son église, assuré de ses ressources plus redoutables que ce feu de l'enfer.

– De quoi qui s'agit Monsieur ? s'inquiétait Louis qui avalait difficilement sa salive

– Ces pestes inguinales connues sous le nom de « mal des ardents » est une entité morbide et contrairement à ce que croit ton curé, c'est un tableau plus sombre que véridique, même si les phénomènes sont graves et que Vierge et martyrs peuvent être évoqués selon la croyance de cet homme. La syphilis, voilà la maladie responsable.

– Vous blasphémez encore Monsieur. La religion est un fait.

– Je suis médecin et franc-maçon de surcroît.

Le prêtre eut un éclat :

– « Bestiaux abandonnés à eux-mêmes périssent ! » Votre incroyance Monsieur se propage comme le feu de bois sec.

Il se fit le signe de croix.

– Vous n'êtes pas religieux M'sieur ? s'étonna Louis qui ne pouvait comprendre ce fait si évident pourtant

Comment pouvait-on ne pas être croyant, c'était impossible.

– Ah petit, voilà bien un débat ! Mais je crois que ce n'est ni le lieu ni l'heure.

Ce qu'il pouvait dire, et il le fit avec véhémence, c'était :

– Parce que la religion est un dogme et un mouvement intégriste qui a pour but d'endoctriner. Elle a toujours eu peur des êtres pensants et des philosophes qui ont dénoncé depuis longtemps les fables de la religion.

Le curé éructa :

– Je ne peux vous laisser dire de telles ignominies !

Sans se démonter, le médecin continuait :

– Les Francs-maçons ne font pas de différence entre les juifs, les chrétiens ou les musulmans. Sont exclus, les fondamentalistes et les extrémistes. D'ailleurs, nous jurons sur le livre de la loi : la bible.

– Ah oui, cracha le prêtre, alors expliquez-moi donc pourquoi vous jurez sur la bible puisqu'elle reprend la pensée de Paul, et donc considère Jésus comme un être céleste !

– Ah non, je parle de l'Ancien Testament. Avant Paul, avant Jésus. Celui de l'exode des Hébreux partant d'Égypte.

Soudain interdit, le médecin s'étonnait :

– Mais dites moi Monsieur le curé, si vous pensez cela de Paul, vous n'êtes pas loin de penser comme les francs maçons !

L'autre s'étouffait :

– Ah et puis en voilà assez, partons ! Laissons cet athée à ses rites, ses naissances et renaissances.

– Mais… coupa Louis.

– Tu comprendras qu'il s'agit d'une secte ! Ils y brûleront avec le feu de l'enfer ! Allons Louis, dépêchons !

Le prêtre était déjà dans la rue et sa soutane avait l'air furieux comme ce vent qui s'y engouffrait.

– Monsieur glissa l'enfant par l'entrebâillement de la porte, « Franc-maçon, maçon » ça me cause à l'oreille pareillement non ?

Le médecin eut un sourire.

– … Je voudrais être tailleur de pierre. Pensez-vous…

« Louis ! » entendait-on hurler de la rue.

Les yeux magnifiquement bleus de l'enfant brillaient d'une telle intensité que le médecin répondit :

– Viens me voir petit. J'habite à côté, au numéro 22

– Alors boujou docteur, à bientôt !

23

Une réconfortante odeur d'encaustique envahissait l'atmosphère, et Conrad se sentit instantanément rentré « chez lui ».

– Bonsoir Louis avait-il dit à l'enfant qui s'était envolé aussitôt retiré la soutanelle noire.

Il avait lui-même ôté la chasuble que l'on nommait ici la boîte à violon à cause de sa coupe particulière, puis la chape noire qu'il suspendit à la patère de l'entrée.

Après toute cette colère qu'il avait consumée à grandes enjambées sur la route du retour, voilà que le découragement et l'abattement venaient l'étreindre d'un coup presque violent et le rattrapait à son insu comme si, contenus à l'extérieur, ses sentiments pouvaient s'ébattre maintenant, libres de toute retenue.

Hortense, sans aucun bruit, arrivait dans la salle à manger et désignait le couvert esseulé et tout préparé de son repas solitaire. Il fit un geste de remerciement cependant qu'il sentait un nœud de cep enserrer son estomac. Non certainement il ne dînerait pas ce soir. Pas l'envie.

– C'est bon ma bonne Hortense, vous pouvez disposer.

Elle insistait du dialogue des sourds montrant la soupière.

– Oui, oui ne vous inquiétez pas, je me servirai. Dormez bien Hortense.

Elle disparut doucement comme l'ombre d'elle-même qu'elle traînait partout et qui s'agrandissait un instant sur les murs avant de disparaître avec la lueur de la chandelle.

Voilà !…

Il allait maintenant partager sa solitude avec ce royaume sombre qui apaisait la vue, mais faisait s'endormir le « Tout-Puissant sans nom ».

Oh amertume !

Saveur acide comme ses idées sur l'œcuménisme, bousculées à jamais. Pourquoi donc un jour avait-il ouvert ces livres qui l'avaient rejeté « hors de l'église »

Yahvé, Allah, Vichnou… Rejeté oui ! Oh Dieu des croyances, de sa croyance qui tentait, affolée, de s'unir à son esprit. L'Unique qui devenait division dans son âme perdue !

Que lui restait-il depuis que sa foi avait pris l'eau ? Des détails, des adaptations utiles, en tout cas, des sentiments visibles à tous. Cette soutane étanche qui masquait si bien le bazar idéologique qu'il avait dans la tête. Drôle de guerre et de remue-ménage pour une tête de prêtre !

Il leva les yeux et rencontra le Christ en croix qu'une main généreuse avait offert au curé précédent. Vieille chose mobile qui menaçait de tomber du mur, croix et Jésus, Jésus tout seul. Voilà bien ce qui le ramenait à toutes ces interrogations qui lui brouillaient la cervelle. Où était-il, d'ailleurs, ce fameux livre responsable. L'avait-il jeté ? L'avait-il assassiné à grands coups d'effeuillage car après tout, c'était bien le moindre qu'il méritait.

Il se mit à chercher dans sa bibliothèque, promenant un doigt sur les tranches qui racontaient à peu près toutes la même histoire. Devait-il tenter l'expérience, relire toutes ces affabulations ?

Partagé de sentiments contraires, il se disait qu'il ne lui coûterait rien de bannir à jamais ces « fantasqueries » car il en était assuré, il s'était affolé de rien. La faute à ce franc-maçon de Humbert s'il y revenait. Mais après tout, il avait encore son libre arbitre.

Ah voilà ce qu'il cherchait et qui l'avait tant bouleversé. (Il avait pris des notes en marque-page.) :

Évangile selon saint Luc : « Vous irez vers Jacques le juste pour qui le ciel et la ont été terre créés ». Jacques, lien direct du Jésus de l'histoire, le frère bien-aimé, victime d'un long processus de marginalisation qui le conduirait à l'effacement et l'oubli, comme ses frères et sœurs.

Jésus avait donc des frères et sœurs !…

La coutume du « lévirat » qui, pour des raisons dogmatiques et politiques avait fait perdre la réalité historique de Marie, femme juive du premier siècle.

Oh « yibboum » ou commandement divin que les juifs observants suivaient scrupuleusement. Oui, selon la loi de Moïse, avait-il lu dans la Torah, le frère non marié le plus âgé d'un défunt avait devoir d'épouser la veuve sans enfant, puis de l'enfanter afin de perpétuer le nom du défunt.

Joseph très âgé, n'était-il pas ce frère défunt ? Conrad avait alors cherché furieusement dans le nouveau testament. La réponse était oui par bien des allusions et enfonçait un peu plus l'épine qu'il avait dans le cœur.

Et le dénommé Cléophas, était-ce lui le père de Jacques, Joseph, Jude et Simon, et donc beau-père de Jésus ?

Pourquoi cet obscurcissement à la naissance du christianisme si ce n'était finalement le péché avilissant de la sexualité que l'on veut étouffer et que l'on transforme en un dogme de la virginité perpétuelle ?

Quelques pages plus loin, il avait annoté :

« Un roi sans terre ni fortune Jésus ou un "tecktone" corvéable à merci ? Pas très beau dans le tableau ! Il fallait bien admettre que refondu dans une réalité sociale de l'époque, il se fabriquait plus de journaliers taillables et qui au demeurant, travaillaient plus certainement la pierre que le bois quasi inexistant sur ces collines arides de Palestine ! »

Le brave curé s'était épongé plus d'une fois le front à cette lecture endiablée, mais il avait continué de chercher et cette recherche l'avait éprouvé plus certainement que dix journées de travail manuel intensif.

Ah oui, cette inquiétante observation :

Jacques, donc frère puîné de Jésus avait dit : « Il est interdit de manger les animaux morts, le sang, la chair du porc et tout animal sur lequel on aura invoqué un autre nom que celui de Dieu ».

Comment alors concevoir de manger la chair humaine, le sang humain, même en mémoire de… Lui ?!? Même en symbolique, on pouvait s'imaginer l'horreur que peut-être IL en aurait ressenti !

Conrad n'eut pas la force d'aller plus au-delà. Pourquoi remuer toute cette boue ? Ah, c'en était trop ! Le livre, les annotations, les marque-pages prirent à la volée le chemin de la cheminée, et le prêtre regarda se consumer les interrogations odieuses qui lui poignardaient les entrailles car c'était douloureux. Comment aurait-il pu en être autrement ? Que faire en ces circonstances si ce n'était prier, prier encore, mais même cet oxygène-là avait l'odeur de l'inodore et traître dioxyde de carbone.

Il entendit un claquement derrière lui et se retourna d'un bloc. Hortense avait peut-être oublié quelque… Il regardait sans y croire la croix sur le sol et le pauvre Jésus désolidarisé et qui gisait ventre à terre, les bras levés de cette infortune. Il restait là, immobile, si plein de vide, incapable d'autre chose que cette considération incroyable. Son esprit un instant ralenti, se remit à fonctionner, puisqu'il est impossible de faire s'arrêter les pensées très longtemps, et ce qui lui vint était qu'il s'agissait sans doute d'un jugement de Dieu.

Il se signa plusieurs fois, réflexe d'homme de Dieu qu'il était… qu'il espérait être… qu'il s'accrochait à être.

Il retourna la statuette affalée sur le ventre et considéra la tête tuméfiée, le bout du nez raboté par la chute formidable, le menton éraflé. Bon, voilà donc les responsables : les clous rouillés qui s'étaient délités en catimini. Il y avait la trace de la rouille dans le trou des mains. Les « crucifieurs » avaient été bien plus inspirés de clouer entre radius et cubitus !

Il resta interdit et eut honte de lui dans l'instant, se signant encore avec la force d'une névrose, investi par la peur de se dissoudre, de se désintégrer face à cette pensée sacrilège qui faisait soudain de son espace protecteur tout un monde dangereux et perturbateur.

Il posa les deux morceaux sur la table et entreprit de chercher quelques petits clous tapissier et un marteau qu'il avait utilisé récemment pour réparer un cadre. Le bois de la croix, très sec, résistait joliment bien et il tordit plusieurs fois les clous qu'il fallait ensuite arracher à la tenaille. Il y mettait tant d'ardeur dans ce travail de précision qu'il n'entendit pas la porte de l'entrée s'ouvrir, sursautant violemment comme pris en faute, car Louis s'écriait joyeusement :

– Mon père, j'avais oublié ma var… vareuse…

Le petit marqua un arrêt net à la vue du curé occupé à son œuvre de martyre. D'une petite voix il demandait :

– … Qu'est-ce que vous faites ?

Il le voyait bien cependant, le prêtre crucifiant le Jésus et peinant à enfoncer les pointes dans les petites mains ouvertes. Les yeux du gosse s'arrondissaient d'effroi et il se mit à reculer doucement.

– Attends Louis, tu vois bien que je répare le crucifix !

Mais lui l'enfant au regard si bleu, à la figure d'un ange blond qui appelle le sourire parce que la beauté remue le tréfonds des âmes, le petit homme de la mer, si pur et si doux, s'en allait déjà comme on fuit l'intolérable, à reculons parce que la traîtrise ne vaut pas qu'on lui tourne le dos.

Il oublia dans la fuite l'objet de son retour, la vareuse qui gisait sur une chaise et qui jurait de son bleu fade et délavé de vêtement trop usé sur le tissu tapissier aux rosaces délicates.

La porte s'était refermée et le bruit de sa fermeture glaça le prêtre comme la fin de quelque chose. Quelque chose de définitif, brutal et insupportable.

24

Et Julia partit aux moules, comme ses pairs, comme les filles de sa génération, comme les femmes nécessiteuses, comme ce qui doit être, parce que l'on naît ici et maintenant, ici et dans ce siècle qui se plaît à n'offrir que ce qui est difficile pour les gens de petites bourses.

Elle y mit autant d'entrain que s'il avait fallu aller au bagne et ne se donnait du courage qu'en pensant à son père. Il était enfin rentré de son bagne à lui, celui autrement plus dur que ce Ratier qu'elle voyait grossir au fur et à mesure que le bateau se rapprochait.

Il avait perdu une dizaine de kilos et toutes ses belles couleurs de caramel chaud. Il souriait sans arrêt aux uns et aux autres et semblait étonné de se sentir enfin libre comme si à chaque instant, il n'en croyait pas ses yeux. À d'autres moments, son visage se fixait sur une pensée que lui seul vivait dans le fond de son cœur meurtri, et l'on voyait bien que cette blessure-là aurait du mal à guérir, si elle ne guérissait jamais.

Autre conséquence de cet emprisonnement et pas des moindres, il avait perdu sa musculature. Ses bras pendaient lamentablement le long d'un corps décharné, et la souplesse qui le caractérisait si bien avait fait place à un état d'alerte permanent où chaque mouvement occasionnait une pression sur les disques intervertébraux et menaçait de provoquer un lumbago. Avant donc de rester coincé complètement, il avait fallu demander à Pierrot de continuer à mener la barque familiale encore quelque temps. Et c'est ainsi que la petite Julia avait proposé à son père de compléter le revenu manquant en s'embarquant chaque jour sur le bateau qui emportait les moulières et les ramenait de même, souvent en fin de journée avec la marée montante.

Elle regardait donc s'agrandir la bande de terre du Ratier avec une si grande mélancolie qu'une femme s'était approchée d'elle et lui avait mis le bras sur l'épaule, familière et gouailleuse mais pleine d'empathie.

– Allez, courage la gamine !

Elle aussi à son âge avait eu le même plomb dans le cœur. Elle s'habituerait. On s'habitue toujours.

Loin de la réconforter, ce témoignage l'avait glacée car il augurait d'un avenir plus que sombre. Au-delà de l'ultime vague qui les jetaient sur la grève, s'étendait un parc naturel fait de pierres jaillissantes et coupantes, toutes hérissées des mollusques noirs, les moules du Ratier. Chacun partit de son côté, en groupe ou esseulé suivant le cœur que l'on avait à partager l'ouvrage. Julia s'écarta naturellement, réticente à entendre les bavardages et peut-être la médisance, l'injure, les mensonges qui n'étaient en fait que des exagérations, actes bien connus des Honfleurais qui avaient la propension à en user naturellement. L'une racontait qu'elle avait produit de son potager une citrouille si grosse qu'elle en avait fait sa cabane de jardin. Ce genre de pratique dans le discours amenait les rires et c'était bien là le but simpliste mais efficace qui permettait de remplir les panières avec moins de peine.

Julia s'éloignait à la vitesse de la ramasse, entendant encore ces considérations naïves. La compassion lui venait à ce moment précis et elle formait le vœu de libérer ces femmes de leur condition misérable. Pourtant, ce vœu de soulager ses semblables aurait supposé qu'elle-même reconnût son propre état de souffrance. Elle y mettait une certaine distance et de ce fait, allégeait son propre fardeau.

Mais il y avait la mer, ennemie plus qu'amie, et Julia ne parvenait pas à se débarrasser de toute partialité. Elle la percevait avec une certaine hostilité, une menace et luttait pour ne pas ressentir rien de moins que de l'aversion. C'était une sorte de remous affectif qui l'agitait et engendrait des émotions bizarres, tantôt affligeantes car la concernant, tantôt attachantes puisque liées à son père et son état de marin pêcheur.

Elle profitait de ce sort difficile pour faire l'expérience de la méditation. Ses mains autonomes faisant le travail, mécaniques bien rodées qui n'avaient nul besoin de réflexion. Son esprit au contraire, libéré de toute entrave, aspirant au bonheur ou pour le moins, prenant le contre-pied de la douleur et de la souffrance.

Contempler la nature malheureuse de son existence n'aurait pu que renforcer une inclination au malheur. Elle cherchait donc d'instinct, avec l'intelligence du cœur, quelque attitude mentale capable d'éviter des influences négatives. Tout cela était inconscient et l'image qu'elle renvoyait était celle d'une jeune fille calme et un peu insouciante.

La journée s'écoula peu à peu au cri des mouettes qui virevoltaient et des vagues qui rejetaient à chaque flux et reflux une flopée de petits cailloux.

Elle achevait de remplir sa dernière panière. Au-dessus de sa tête, le ciel s'était abaissé si fortement qu'il semblait entrer physiquement au contact des humains. Cela n'était que la brume qui montait avec la marée et qui les enveloppait de sa fragrance iodée et d'une humidité qui transperçait jusqu'aux os.

Elle entendit dans cette atmosphère ouatée qui montait avec la marée, un cri de douleur qui s'étageait crescendo et suivait la direction du vent. Elle sut très vite où aller, laissant d'un coup sa panière pour suivre les cris que l'on percevait d'autant plus que la vue, de part la brume, en était brouillée. La victime était une femme, tombée au sol, certainement du rocher à proximité, et de la jupe trempée et relevée, on pouvait voir apparaître la forme anormale d'une jambe que l'on devinait n'être pas dans un angle habituel. Plus au-dessus du genou, une plaie ouverte laissait s'écouler un flot de sang visqueux si rouge que la femme en perdit sa conscience.

Essoufflée, Julia arriva sur les lieux et s'affala à genou au bout de la jambe difforme et, sans crainte d'une manipulation contre-indiquée, susceptible d'entraîner un accident grave, elle prit sans plus de pensée le talon du pied dans une main et exerça une forte pression latérale avec l'autre main. On entendit immédiatement un clac formidable cependant que la femme reprenait ses sens.

Le résultat obtenu fut si spectaculaire que les quelques personnes présentes et qui elles aussi étaient accourues, en restèrent interdites. Mais plus encore que cette réduction incroyable, ce qui marqua encore plus les esprits fut de voir la gamine repérer l'endroit exact de l'effraction cutanée malgré le sang qui s'écoulait et caillotait déjà. Elle semblait visiter du bout du doigt un espace réduit au millimètre près. Quand elle sut où œuvrer, parce qu'à cet endroit précis la blessée sursauta de douleur, elle appliqua le bout de l'index, massant pendant plusieurs minutes.

Elle donnait la sensation de faire des gestes automatiques sans le vouloir vraiment et sans même que la concernée en ait une claire perception, si ce n'était de grimacer horriblement. Elle cependant, transmettait sa certitude de l'acte réflexe inconnu des autres, et peut-être d'elle-même. Cette hémorragie extériorisée cessa par cette simple pression du doigt et apporta un soulagement à la victime, là où il y avait douleur et blessure.

Elle donna pour parachever son œuvre de guérison, le conseil de prendre au retour une tisane d'aubier et de tilleul qui nettoierait l'organisme de tout ce stress.

– Et ben dis donc la gamine !

Drôle de gamine en vérité, celle qu'elle avait, à l'aller, réconfortée. Anéantie par ce qui venait de lui arriver et aussi parce qu'il était trop tôt pour elle de mettre un pied par terre, on lui fit la chaise à porteur avec autant d'empressement que la marée montait et qu'elle recouvrirait le Ratier à la vitesse d'un cheval au galop. Bercée par le cahotement et aussi parce que la douleur avait cessé, elle luttait pour ne pas s'assoupir et à ses côtés, les autres suivaient la lente progression.

L'homme qui menait le bateau fixait l'horizon, avec ce point oppressant de celui qui s'inquiète. Il fallait réunir toutes les panières remplies de moules et certaines femmes couraient déjà, sentant bien elles aussi qu'il n'était plus l'heure de traîner.

En dépit des appels de prudence, ils partirent tous presque trop tard du Ratier qui se recouvrait déjà côté ouest, et personne n'ignorait à quel danger on s'exposait à se lancer un tel défi. Le marin pilote cependant était compétent et surtout, connaissait bien d'instinct la forme de la mer et son bateau qui se laissait porter et répondait, souple et adhérant à la houle.

– Elle n'sait pas ce qu'on va lui offrir !

– Oh, a voudra rien répondait une autre femme apparemment amie de la première.

Avec l'aide des hommes, on l'avait installée à l'arrière, là où les embruns risquaient moins de l'atteindre, le vent coupé par les amas des moules des paniers imbriqués les uns dans les autres. Par-dessus cet abri de fortune, elle pouvait admirer la jeune Julia complètement absorbée par l'horizon, le nez happé par la ligne de terre que l'on devinait parce qu'elle dressait une couleur plus opaque sur la mer qui frisait d'écume.

– Allez tous, on décule !

Expression grivoise qui avait l'avantage d'être très imagée. On voyait bien d'ailleurs le petit navire amarré par le cul, se cabrant par-dessus les rouleaux et qui avait envie de s'élancer enfin comme on lâche un jeune chien.

Sur la plage en face de Villerville, Catherine s'excitait d'une façon peu orthodoxe :

– Mais qu'est-ce qu'y font bon Dieu !!!

Sisley regardait lui aussi mais sans comprendre parce qu'il n'était pas d'ici et qu'il connaissait la mer et les plis de sa robe, mais pas sa folie et ses aspirations de siphon qui remuent les fonds vaseux et recouvre d'un coup les puits d'eau invisibles.

– Mais là ! criait Catherine en montrant, le bras tendu, le point minuscule amarré à la bande de terre du Ratier, sans s'imaginer une seconde qu'il était impossible pour un néophyte de distinguer où s'arrête la mer et où commence le Ratier.

– Je ne vois rien, continuait le peintre qui avait beau écarquiller les yeux.

Rien si ce n'était cette houle qui forcissait et éclaboussait le rivage un peu plus à chaque vague et qui venait mourir à grand bruit de soie mouillée. Pourtant, petit à petit, il distingua aussi cette petite voile, point trop fixe dans cette folie remuante, mais qui se détachait enfin à l'horizon. Sisley avait enfin compris le danger qui se tramait là-bas.

– Regardez Catherine, regardez ! Je crois qu'ils ont pris la mer !

Le regard d'une fixité implacable, elle vivait l'insoutenable scène et l'on pouvait deviner l'amarre invisible que son âme avait jetée par-dessus l'espace écumante.

Sa chère petite sœur, si vulnérable, dont la vie tenait à cette voile mystérieuse, battue par les vents du diable.

Allez, vogue petit navire, sois marin pour sauver ma chérie pleurait-elle au-dedans sans montrer une once de sa peur, parce qu'elle avait cette fierté chevillée à l'âme, comme l'avaient les corsaires et les femmes de corsaires qui avaient vécu de tout temps les drames de la mer.

– Allez v'nez vous ! l'entraînait-elle dans une course qu'elle attaquait comme une décharge électrique.

Et le peintre, incrédule, voyait déjà sa conquête qui n'en était pas une, s'envoler, s'échapper encore par-dessus les digues, au-delà des grèves parsemées de l'herbe maigre et salée qui signait déjà le début de l'autre paysage, celui du pays d'Auge, profond et sage.

Le cheval de la ferme Saint-Siméon était un demi-sang et il était heureux pour lui qu'il ait dans ses gènes ce sang arabe, améliorateur de race, pour courir ventre à terre sans trop de peine, à la cadence qu'on lui demandait.

Et la carriole normande tressautait comme elle pouvait à la suite de l'animal, faisant jaillir en son sein et à chaque repli du chemin, tout l'attirail que le peintre avait emmené : les chevalets, les toiles restées vierges et les tubes que les boîtes vomissaient à chaque tour de roues ferrées.

Plus de leçon de peinture pour Catherine. Pas en vérité car elle n'était que bouillonnement sauvage, explosion contenue de volcan que l'on surveille du coin de l'œil et qui palpite comme une bête malade. Au-delà du ruban qui se déroulait lui aussi, sauvage et instable, du chemin de la grève et qui bordait la plage, ils suivaient la lente progression du navire que l'on voyait apparaître entre deux montagnes d'eau et qui semblait jaillir de toute sa puissance de son envie de vivre.

À l'unisson des crêtes mousseuses, l'arrière-main du cheval se couvrait d'écume et Sisley proposait de ralentir la cadence. Mais la jeune femme n'envisageait rien de pareil et crevait d'arriver.

Il était timide, un regard latéral vers elle, écrasé par cette volonté sauvage prête à jaillir à la moindre contrariété et il se tenait « à carreau » comme on dit par ici, c'est-à-dire en se faisant aussi petit qu'il était possible de l'être, incapable du moindre désir ou d'exprimer la plus petite envie qui aurait pu la faire exploser de colère.

Ils dépassèrent Vasouy dans le même empressement et le cheval cadencé n'exprimait rien d'autre que ce trot en deux temps, jetant vivement sans la moindre fatigue, les antérieurs en avant.

Le phare de Honfleur fut en vue puis on le dépassa et bientôt, il fallut mettre l'animal courageux au pas car les fers de ses pieds jetaient des étincelles et glissaient sur les pavés de rue.

Dans le port, le bateau des moulières n'était pas encore en vue et Catherine, rouge d'émotion, lança les guides au peintre.

– Tenez cha voulez-vous.

Il y avait l'avant-port, gris, mer et granit des pontons à l'unisson, pour faire de cette carte postale, une ambiance pauvrement désolante. Aubaine à double tranchant puisqu'il pouvait la contempler de dos sans qu'elle ne devine ses intentions, toute pétrie d'orgueil qu'elle était à se savoir de condition modeste. Victimes l'un comme l'autre de ce clivage odieux qui coupait en deux la population : Parisiens d'un côté, gens du pays de l'autre.

Exposée sans qu'elle s'en doute à son admiration, elle surveillait avec force autorité la venue du bateau des moulières. Autour d'eux cependant, grouillait la populace, Honfleurais bien sûr mais aussi beaux partis disposés à la bienséance, de dames en grande toilette dont l'ombrelle n'avait d'utilité en ces jours mornes que parce qu'elle se faisait l'écho d'une mode chic et de bon ton.

Il n'y avait pourtant aucune jalousie chez Catherine, dont le manteau en serge gris se projetait en arrière à cause du vent qui se levait encore et semblait vivre sa propre vie. Vêtement qui jurait de sa simplicité au regard des jupes évasées à partir de la taille de certaines « belles » très laides finalement, femmes antinaturelles, solidement ficelées dans l'osier et les bourrelets des « vertugadins » en fil de fer et bois assemblés. On imaginait facilement leur inconfort ridicule sous les mouvements des tissus, mousselines savamment « bouffonnées », superposition parfois démodée d'une résurgence du fameux « cul » qui déséquilibrait la silhouette auquel certaines s'accrochaient à contre-sens de leur temps.

Au milieu de ces excès féminins à grosses fesses et grosses poitrines, elle vivait seule sa condition de silhouette grecque, longiligne et presque confondante, s'harmonisant aux couleurs locales qui s'unissaient à la saison.

Il y trouva une telle magnificence qu'il se précipita sur son calepin de croquis et la jeta à grands coups de crayon où transparaissait son caractère de reine, et dessinait son corps comme un nu qui faisait secrètement vibrer ses fantasmes masculins.

– Les v'là ! s'exclamait-elle.

Le bateau écartait les derniers flots et venait s'accoster à son point d'amarrage. Sur le quai, s'agloméraient les toilettes de cette petite bourgeoisie curieuse et d'autres du pays, reconnaissables à leur bonnet de coton, poussant des coudes pour arriver à la position dominante et définir le degré de gravité, car on aime bien être le témoin privilégié d'un événement, surtout s'il est grave.

Catherine aurait voulu serrer sa petite sœur sur son cœur mais la pudeur toujours, méchante armure qui bloquait même la respiration, empêchait les épanchements trop visibles.

– Alors ? demandait la grande.

– On a eu chaud ! répondait la petite.

– On vous a vus de la côte.

Julia se tournait vers la carriole et le cheval qui fumait encore de sa course.

– C'est qui ?

– Oh rien, enfin si. Il s'appelle Alfred. Il est peintre

– C'est lui Sisley ?

Catherine hocha la tête mollement. Drôle de façon de le considérer se disait Julia. D'ailleurs elle lui balançait un :

– Je rentre avec ma sœur Alfred, m'attendez pas.

Elles assistèrent encore à la débarque de la femme blessée qui lançait très fort à qui voulait l'entendre que la petite était une sainte.

– Elle m'a sauvé la vie m'sieurs, dames. Cette petite est une sainte !

Julia empoigna sa grande sœur par le coude et l'entraîna loin de cette foule bigarrée qui la cherchait du regard.

Elles marchaient à présent tête baissée, habitude de sabots qui n'aiment pas les pavés et se crochetaient l'une à l'autre, le cœur plein de l'amour qu'on ne se dit pas. Le cheval de la ferme Saint-Siméon fit très vite entendre son pas et derrière elles, le peintre s'exclamait :

– Montez avec votre sœur Catherine, je vous ramène chez vous !

Oh comme cela était impossible ! L'idée même qu'il vît la maison bancale de la rue l'Homme-de-Bois la fit frémir

– Ça va aller Alfred, on rentre à pied… À demain donc, continuait-elle, ce qui l'obligea à s'exécuter.

– … Merci disait-elle encore tout doucement, au cul de la carriole qui les dépassait, soulagée qu'il ait cette intelligence de ne pas insister.

– Oh zut. Elle fouillait ses poches, n'y trouvant pas la plus petite piécette.

– … J'aurais aimé qu'on aille fêter ça.

Julia la regardait tout en marchant, serrant encore plus le bras de sa grande sœur. Que l'on fête quoi ?

Catherine s'arrêta et sourit. Elle levait la tête vers le ciel clarifié qui semblait se dire qu'il était peut-être temps de se mettre au diapason du printemps à venir. Non, la petite sœur ne retournerait pas aux moules. Elle se jurait ici et maintenant qu'aucun vent violent ne viendrait renverser les barques, ni remplir ses yeux de larmes parce qu'elle aurait perdu un membre de sa famille.

– Ni toi ni Louis. Pou'l'père c'est autre chose. C'est un métier qu'il a dans les veines. Il serait près à y laisser sa peau s'il le fallait.

Tiens, puisqu'il était bientôt l'heure pour la mère de remonter à la maison, elles passeraient l'aider à pousser la carriole des quatre saisons.

Arrivées en vue de la Lieutenance, elles virent en effet de loin leur mère qui ramassait les effets de vente, la balance Roberval qu'elle calait pour la route et empilait les caisses vides. Au-dessus d'elle à cette porte de Caen, il y avait la niche de Notre-Dame-du-Port offerte par la reine d'Autriche partiellement détruite au XVIIIe siècle, et que l'on avait restaurée l'année dernière.

Catherine s'arrêta net, le visage défait, et Julia surprise, faillit se crocheter les pieds.

Qu'est-ce qu'y a ?

Vite, l'aînée se composa une attitude. Oh, elle avait oublié quelque chose. Il lui fallait absolument monter la rue du dauphin et aller à l'église Sainte-Catherine mettre un cierge.

– Manquerait plus que j'oublie d'dire merci à la bonne Vierge !

Cela prendrait peu de temps et on passerait ensuite par la rue des lingots pour rejoindre la maison.

– Mais la mère ? demanda Julia.

Tant pis pour la mère. La carriole vide pesait peu. Elle n'avait nul besoin de leur aide.

Cette église Sainte-Catherine, si bien nommée pour elle, les accueillies en son sein. Julia à présent avait froid. Fatigue certainement mais aussi les embruns fous dans la barque qui avait failli ne pas rentrer au port. Le bas de sa jupe était détrempé et lui glaçait les jambes mais elle ne s'en plaignait pas. Elle laissait sa sœur avancer seule sous le bateau renversé de son toit. Construction absolument pittoresque et pourtant si évidente puisque exécutée par des charpentiers de marine. Aucune autre manière de bâtir aurait pu leur sied.

Elle s'assit sur une chaise du fond, toute ramassée sur elle-même pour conserver encore quelque chaleur, serrant autour d'elle son pauvre châle.

Loin devant, sa sœur avait rejoint le cœur et elle la vit prendre sa tête dans les mains. Prier avec ferveur certainement.

Ce que Julia dans l'innocence de son âge n'avait pas remarqué, c'était cet homme qui s'était approché de leur mère, furtivement, insidieusement, et Catherine qui vomissait ce baiser volé, priait pour que sa bonne vierge l'aide à surmonter le dégoût que cette image lui inspirait.

– Oh très sainte vierge, faites que not'père n'en sache jamais rien, lui qui ne mérit'pas cet outrage, lui qui est si bon. Protégez le, Marie, car ce serait pour lui un bien grand malheur.

Le temps s'arrêta pour elle, brûlant de cette course acide contre les mauvais événements qui ne manquent pas de resurgir quand on croit enfin à l'apaisement.

La nuit était à présent complètement tombée et l'on voyait cela aux verrières assombries.

Sa mère… comme cette femme était une énigme ! Incapable de sentiments ou redoublant d'une force incroyable pour tout cacher. Courageuse jusqu'à l'abnégation, jusqu'à cette dureté qui lui creusait les joues, où on lisait toute énergie et volonté zébrer son regard d'eau pâle.

Oui, il faudrait bien qu'elle s'en explique.

Le silence est parfois abyssale dans une église comme un écho illuminé. Cela aurait pu être un « blanc » de l'esprit ou un sommeil sans rêve, un espace entre passé et futur. Un rien, un vide. Catherine releva la tête et rencontra la sainte, infernalement immobile, absolue de candeur et de grâce. Elle cru sentir se distiller en elle la permanence du calme et les larmes arrivèrent, écartant ses idées nocives et sa grande affliction. Ce chemin qu'elle sentait devoir emprunter lui ouvrait le cœur. Une sorte de sérénité venait à bout de ses préjugés, doucement, à petites gorgées, comme on boit une eau précieuse et c'était doux comme un baume, comme une bienveillance impartiale pour tous les êtres… pour sa mère aussi…

Julia s'était approchée et vit les larmes de sa sœur. Elle posa une petite main glacée sur son épaule

– Viens Cath, faut rentrer.

Puis, elle qui était un modèle de patience et de tolérance, de sensibilité aussi, fit un effort pour que sa voix ne la trahisse pas. Maintenant qu'elle était tout près d'elle, elle réalisait à quel point sa sœur était un être sensible, une fleur que l'on dissèque jusqu'à ne plus percevoir son aspect extérieur mais qui, sans plus de parties, laisse encore flotter son parfum, phénomène au cœur subtil et irréel. Elle murmurait :

– J'savais pas que t'avais eu si peur !…

25

– Je vous sens inquiet Alfred. C'est d'ma faute. Je suis désolée pour la semaine dernière

Catherine se penchait vers lui qui regardait la magie de la rivière et ce petit méandre au coin duquel on devinait la truite fario qui narguait encore le pêcheur. Bien lui en était qui ne pouvait être pêchée. On n'était encore que fin mars et elle serait protégée encore un peu.

Sisley, dans la calme journée qui s'offrait à eux, admirait le paysage bucolique. C'était un de ces jours absolument beaux comme il arrive parfois en début de printemps quand la pomme précoce ou tardive fait ses premiers clin d'œil à travers sa tenue de mariée, fête folle qui se joue dans les pommiers, floraison suspendue et admirable qu'il lui tardait de peindre. Pommes immangeables et essentiellement destinées à la fabrication du cidre mais qu'en avait-il à faire lui, le rapporteur de couleurs ?

– Vous savez ce que j'ai lu, belle Catherine, sur la raison du très grand nombre de pommiers dans votre région ? dit-il sans répondre à sa question.

– … Dans la mythologie grecque, une nymphe marine appelée Thétis sema les pépins dans la campagne…

– C'est forcément faux ! coupa la jeune fille. Un pommier doit être greffé sinon y'aura pas de fruits.

Sur l'herbe d'un tendre vert, la nappe à carreau s'étalait, paresseuse, et le panier de victuailles débordait. Le jeune homme fit entendre un grand rire qui fit se rembrunir Catherine

– Vous m'prenez pour une sotte c'est ça ?

– Mais non ma mie riait encore le peintre.

Qu'il lui explique : c'était une légende ! Tout cela était la faute de Vénus venue dans cette partie des gaules. Cette si belle y cherchait des perles pour sa parure. Elle avait posé sa pomme sur le rocher mais un triton lui déroba et la porta à la déesse des mers. C'était ainsi que Thétis avait semé les pépins dans cette partie du monde.

– Allons bon, et pourquoi ?

– Pour se venger.

– De quoi ?

– De sa grande beauté. Elle était jalouse.

Catherine haussa les épaules. Que venait faire une histoire de pomme la dedans ! Il tenta d'expliquer que ce fruit, c'était aux yeux de la nymphe, le prix de sa beauté. Concurrence déloyale n'est-ce pas !

– Excusez-moi Alfred mais j'comprends rien à vot'histoire.

Ce qu'elle savait c'est qu'elle le voyait triste. Il avait de ces regards qui parfois ne trompaient pas.

– C'est vrai reconnut-il. Je suis inquiet pour la mère Toutain

– Elle est malade ? demanda aussitôt Catherine, interdite.

C'était plus bête que ça, plus terrible peut-être puisque ça les toucherait tous. Monsieur DE Varin, propriétaire de la ferme Saint-Siméon, envisageait pour l'année prochaine la vente de la propriété.

– Mais…

– Oui, que va devenir cette pauvre femme. Et nous autres n'auront plus qu'à partir vers Trouville Dieppe ou Etretat.

Oh le beau panier qu'elle avait préparé. Elle avait fait un assortiment rien de moins qu'explosif pour les papilles : le poulet froid, les Norman crêpes comme auraient dit les voisins Anglais, et puis de cette teurgoule encore tiède parce que c'est tellement bon qu'on ne peut attendre son refroidissement complet. Et puis tiens, témoin de cette hâte qu'elle avait eu à préparer ce repas champêtre, une fallue rajoutée au dernier moment. Gâteau des rois, mélange de farine, levure boulangère, sucre, œufs et crème fraîche. Chanson entonnée de tout son cœur de seize ans (bientôt dix-sept !) :

« *Voilà coupée la fallue,*
Faut savoir qui est le roi
En chantant à tue tête
En chantant tous d'une voix
Le roi boit, le roi boit
Le pain à Dieu s'il vous plaît ! »

Et la mère Toutain avait ri :

– Méfie toi ma jolie de l'eau dormante.

Et Catherine avait haussé ses belles épaules, toute à sa joie presque enfantine.

Toute joie tombée, elle prenait conscience de ce que cette femme gardait pour elle, de cette misère à sa porte qu'elle conservait sans partage. Oh la brave personne !

– Ma chérie, je vous emmène avec moi !

Il n'écouta aucun de ces silences qui font plus de bruit qu'un énorme orchestre. Elle, figée, ne réagissait pas, parce qu'on ne peut réagir à la foudre qui vous foudroie, au tonnerre qui vous assomme, à l'éclair qui vous transperce. Lui d'un bond s'était collé à elle, lui prenant la main qu'il portait à ses lèvres pour un baiser sans fin avant de lui prendre le menton comme on cueille une rose fragile et approcher sa bouche encore, près, si près, qu'elle cru défaillir. Mon Dieu, ce baiser qui la prenait toute entière, corps, âme, esprit, entendement. Plus rien n'exista que ce tourbillon enflammé qui la brûlait toute, la vidait de toute substance, l'embarquait dans cette douceur étrange qui faisait fît de la tornade autour d'eux qui emportait le panier, la nappe, les arbres, en un arc en ciel de couleurs.

– Ma chérie répétait-il, je vous emmènerai.

Il se devait de peindre la côte, les autres mers un peu plus loin, un peu moins vertes, plus sauvages aussi. Puis il irait à Paris décrocher l'exposition universelle. Courbet lui avait conseillé. Il était un bon peintre non ? se rassurait-il lui-même. Il allait peindre sur le motif, encore et encore, emporter des toiles, plein de toiles, ce serait bien malheur si pas une ne retenait quelque attention.

Catherine l'écoutait discourir, s'envoler avec son art, silencieuse tout à coup.

– Et moi ? osa-t-elle, après qu'elle eut laissé s'écouler tel un flot, les mots à sens unique d'un long monologue.

Elle ? Elle l'accompagnerait bien sûr ! Elle serait son aide, sa muse, son indispensable ! À eux deux, il ferait des merveilles !

Lui Sisley, l'artiste dont on reconnaîtrait le nom comme la marque du taureau, l'appartenance à cette grande famille des coloristes, des impressionnistes !

Son regard biaisa vers l'échancrure du chemisier qui laissait deviner la jeune poitrine, haute et ferme. Il imagina la douceur d'une pêche et eut envie soudain d'y plaquer une main, cueillir ses fruits délicats et pourtant vigoureux de jeunesse. La jeune femme eut assez de volonté pour se dégager de l'étreinte envoûtante.

– Et mes tableaux à moi ?

Il les emporterait ses tableaux à elle ?

– Voyons, mais vous n'êtes pas peintre Catherine se moquait t-il dans un sourire doucereux.

Sourire qu'elle détesta aussitôt car il montrait à quel point il ne la prenait pas au sérieux. Quand peignait-elle, elle n'avait ni palette ni toile, pas même quelques tubes d'huile, pas le moindre bâton de pastel sec, aucun pinceau. Elle n'était qu'une petite serveuse qui rêvait en couleur. Cela ne faisait pas d'elle un peintre n'est-ce pas ! Où étaient ses œuvres, si elle en avait jamais créées ?

Il avait repris sa main. Cette petite main qu'il lisait avec la sienne, si rose et délicate, si forte aussi. Douée c'est vrai pour faire la cuisine. Tous ces mets délicats, si subtils en saveur. Elle était pleine d'énergie, de savoir faire, de joie de vivre, gaie, vive. Petite chose délicate née pour le plaisir (le sien ?) pour la joie de vivre, pour l'amour.

Pour l'amour Catherine !…

Il s'était rapproché encore, quémandant un baiser, ivre de cette saveur suave et pourtant légère

Il fermait les yeux, les lèvres en avant, certain qu'elle viendrait y déposer les siennes.

Le rire sarcastique le réveilla mieux qu'une claque. Elle était déjà debout, les mains aux hanches, de toute sa hauteur, le sang bouillonnant de ses ancêtres pirates, le toisant comme on annule une chose indésirable avant d'écraser la bête du talon car qu'était-il à ce moment qu'un animal en rut prêt à toutes les parades pour arriver à ses fins ?

Ah non Monsieur Sisley, tout peintre qu'il était, s'il n'était pas reconnu encore, elle, n'était pas, ne serait pas sa muse.

Elle était libre, libre, qu'on se le dise !…

Dans ce petit lieu sauvage, d'une douceur charmante, elle faisait la riche observation de ces mots qu'il lui lançait, aussi inconstants et mobiles que le cœur humain quand il s'allie à quelque intérêt.

Elle voyait les bruyantes envolées d'oiseaux de mer dessiner des arabesques, jouissant du vent léger qui venait du large. Il était facile, même d'ici, de ce pré richement paré de vert, de deviner l'écume des vagues qui venait mourir en bas sur la plage immobile et muette.

Elle rêvait là maintenant, derrière ses prunelles bleu-lagon, d'en faire un décor actif, animé et plein de vie. Ses toiles, elle les avait dans la tête.

– Je sens que je vous ai vexée ma petite !

Il disait cela, tout chafouin de perdre cette belle aubaine de ce rapprochement dont il était assuré.

Vexée ? Ah non ! Elle avait juste envie de lui écraser le pavé d'Auge sur le nez !

S'il savait pourtant !

C'était simple pour elle, tant de fois admiré :

les longues blouses des gars des coins de terre, les robes noires surmontées des bonnets blancs et parmi ces ramasseurs d'étrilles, l'anachronisme des élégantes. Le décor théâtral des couleurs chamoisées qui sous les nuages qui portent les ombres, se jette dans la mer en riant. Car elle trouve drôle à mourir les baigneurs en costumes ridicules, rayés bleu ou groseille.

Et c'est là dans sa mémoire, ces images d'été qui l'obsède

Et ça hurle au dedans d'elle qui ne peut fixer ces décors sur aucun support.

Et la colère qui soudain l'enveloppe comme une frange qui se creuse, roule et charrie une multitude de coquillages qui s'entrechoquent.

Assez d'être prise pour ce qu'elle n'est pas !

Je suis désolé ! criait-il maintenant, à la longue silhouette qui avait pris son envol, dévalant la hauteur vers cette aire marine qui était sa chair et son sang. Elle se détachait dans ce fond d'eau, splendide danaïde qu'il avait cru posséder un peu trop vite. Il se traitait de fou, d'ignorant, d'immonde abruti. Du promontoire qui le séparait encore quelques mètres plus bas du début de la plage où le sable râpait l'étonnante variété d'herbes qui s'était adaptée à ces anses, il la voyait courir encore, œuvre semblable au flot mourant, s'amenuiser avec la distance.

Elle marcha longtemps jusqu'au soleil couchant qui s'effondrait au ralenti. Elle goûtait toutes les nuances où brillaient tous les reflets de la moire, parfaite beauté d'argent dans laquelle elle baignait avec le sentiment profond et l'absolue conscience de sa petite vie dans cette espace qui se donnait des dimensions considérables.

Sous ses pieds déchaussés, le vent avait chassé les vaguelettes qui formaient les reliefs en creux et en bosses, et de cette eau plate qui s'était volatilisée, ne restait que les sillons réguliers qui faisaient mal aux pieds mais qu'elle aimait quand même puisqu'ils venaient de la mer.

Dans ce réseau de lignes, elle se mit à genou ramassant un coquillage que l'on nommait couteau et se mit à dessiner sur le sol en déclive qui avait vu toute l'eau retourner à la mer. Aplatissant ici, nuançant cette autre forme qui prenait sous ses mains un peu de l'épaisseur, se servant de la substance organique pour modifier les courbes. Ce n'était pas seulement un dessin mais une véritable sculpture.

Et le temps s'érodait comme cette plage si aisément exposée au vent. Bien plus tard, il fallut bien pourtant qu'elle la quittât en voyant les lacis et les sillons se recouvrirent peu à peu. Elle reprit donc sans plus de pensée, cette portion du rivage qui la menait vers Honfleur, libérée par cette création éphémère qui derrière elle commençait à mourir. Elle ne se retourna pas et ne vit pas non plus l'œuvre admirable sous les traits de Louis et de Julia qui se rongeaient à chaque assaut furieux dicté par la loi implacable.

Qu'importe. Elle l'avait créée et c'était bien !...

Dans le chantier d'Aldalde, le premier souci était cette pierre blanche qui se devait d'être irréprochable. Pas de qualité, pas de construction.

Ils étaient trente peut-être, pierreux, compagnons, maître d'œuvre, apprentis aussi qui gravissaient peu à peu tous les échelons des subtilités du travail de la pierre. Et ce chantier de saint Léonard reprenait après les mois de froidure car le mortier aurait éclaté avec le gel. Il se remettait donc en route avec l'arrivée des premiers jours de printemps faisant de la stéréotomie, les ornements exubérants des rosaces aériennes. Elles étaient rares en Normandie ces constructions en dôme que l'on voyait plus certainement dans l'Est de la France. Celle ci qui datait du XVe siècle avait été incendiée par les Huguenots au moment des guerres de religion et seule, la façade gothique flamboyant avait résisté et témoignait de l'ancien édifice gothique.

La matière brute opérait une frénésie amicale et fraternelle quand elle arrivait sur le chantier en voiture hippomobile. C'était une sorte de plateau monté sur un essieu en Y tiré par deux percherons d'une grande docilité qui, d'après leur meneur savaient « lire et écrire ». On sentait derrière ce compliment pour ses bêtes, parfaitement dressées du reste, son propre savoir faire un rien déguisé, pour ne pas montrer une fierté pourtant bien légitime. On déchargeait alors la marchandise, pierre à pierre, avec un doigté d'orfèvre et il n'était pas rare de surprendre, de temps à autre, une caresse du plat de la main, comme pour chasser une poussière inexistante. Expertise professionnelle ou sensualité tout court ? Et c'était beau cet amour qui transpirait et qui faisait rêver Louis.

Il se maintenait à la périphérie de ce grouillement confraternel, admirant cette mise en scène bien huilée où perçait ça et là, un appel, un rire, une chanson sifflée. On se passait les seaux et les baquets en bois. On entendait le choc d'un pic, le crissement des truelles, les coups de boucharde. Certains tournaient le mortier et la chaux grasse se mélangeait au sable et devenait cette matière parfaitement homogène qui permettrait de sceller les pierres entre elles. Mais il fallait faire vite pour ne pas qu'elle prenne trop rapidement et ne devienne inutilisable.

– Eh petit ! appelait l'homme du mortier qui avait un fort accent italien.

Louis s'étonnait. Était-ce lui que l'on appelait ?

– Oui toi. Amène ça à Léonard. Allons, dépêche-toi et… enlève les mains de tes poches !

La surprise de Louis n'empêchant pas la curiosité, il s'approcha, comprenant qu'il y avait méprise mais ne contredit pas l'homme italien qui déjà, gâchait un nouveau mélange.

Ah ces apprentis ! pensait le compagnon avec quand même quelque commisération. Il lui semblait qu'en ses propres temps de formation, il mettait lui-même plus d'ardeur. Mais les temps avaient changé et les jeunes n'avaient plus l'art d'attendre, de comprendre et d'apprendre. Certainement, ils rêvaient de se voir offrir avant l'heure, la règle graduée, le petit marteau, le ciseau et le compas. Tous pourtant ne seraient pas imagiers ni n'auraient le droit de porter le bandeau blanc autour de la chevelure, signe distinctif des autres pierreux.

Tandis que l'homme cheminait sa pensée en œuvrant avec les mains, Louis avait pris l'anse de la caisse montée sur roulettes, lesquelles suivaient, dociles, le rail qui s'étirait jusqu'à la façade. L'engin couinait si fort, ferraille contre ferraille que les deux hommes à cet abord se retournèrent.

– Ah voilà le mortier disait l'un, sûrement le fameux Léonard. Puis :

– Je monte cette gâchée jusqu'en haut. Attendez– moi là Monsieur Humbert.

Comme il se retournait, l'autre vit l'enfant, le reconnut et eut une exclamation pleine de surprise :

– Tiens tiens ! voilà un jeune garçon de ma connaissance !… Louis n'est-ce pas ? se souvenait-il

– … Te voilà donc accepté comme apprenti ? Tu as de la suite dans les idées mon jeune ami !

– Je… non M'sieur. Enfin, j'aimerais bien !

Il n'était pas rare que l'on engage quelques enfants de la ville, les curieux, les courageux, tous heureux de participer à leur manière à cette grande œuvre fascinante. On leur faisait faire les petites courses, ranger les accessoires comme les seaux et les baquets, les brouettes mais pas les glorieux outils dont aucun compagnon n'aurait pu se départir et qui étaient leur appartenance et la reconnaissance de leur art. Il était heureux pour Louis d'être passé par là.

Maître Aldalde avait appris à tailler la pierre vers l'âge de quinze ans. Il avait fait son tour de

France puis était parti à l'étranger sur des chantiers plus incroyables les uns que les autres.

À cet âge certain, il œuvrait à nouveau dans le pays, se rapprochant de ses sources puisqu'il était né à Hotot en Auge. C'était l'évidence ce trait d'union entre les grandes œuvres et chefs d'œuvres qu'il avait réalisés et ce retour comme une boucle qui se referme, parachevait une vie de labeur et d'art. Son dernier chantier avant d'arriver à Honfleur était Reims, la « cathédrale des anges » Il y avait restauré les parties hautes, les galeries, pignons, les tours créées par Arveuf puis avait participé aux travaux de l'abside qui avaient été menés en leur temps par Violet le Duc.

En raison de sa grande renommée, il était l'un des personnages les plus importants du chantier et présidait le groupe d'experts chargés de l'aspect financier. À lui revenait la garantie des finances indispensable pour mener à bien le travail de restauration. Il annotait chaque soir sur le livre de compte les sommes engagées, le temps passé à l'ouvrage, le salaire des compagnons même si parfois l'aspect opératif le reprenait comme une fascination ancrée depuis sa jeunesse. Il vérifiait alors avec son fil à plomb la parfaite verticalité des pierres taillées et uniformisées, preuve de solidité de la future œuvre.

– C'est parfait Maître ? s'entendait-il dire.

– Non, c'est parfaitement parfait !

Car non seulement il était d'une exigence incroyable comme tout bon compagnon mais reconnaissait la grande qualité de ses pairs avec qui il avait la chance de partager ces jours de travail.

On l'appelait aussi « l'ange Normand » nom qu'il avait reçu en travaillant déjà à cette cathédrale de Reims. Il avait alors vingt cinq ans et avait eu le privilège de redécouvrir les trésors cachés des portails ouest. Et c'était bien de sa vertu que l'on parlait quand on le nommait ainsi car il n'y avait personne d'aussi doux que lui. Maître Aldalde donc, vit Humbert et s'approcha de lui tout sourire.

– Ah Nicolas ! Je vous cherchais.

Il avait tout préparé pour la réunion de demain Dimanche. Elle se ferait exceptionnellement à l'auberge du *Cheval Blanc*, la loge étant trop petite. On y discuterait des affaires en cours, on y lirait les courriers entre les sièges des différentes villes. On s'assurerait du bon fonctionnement de la société honfleuraise. On y réglerait les cotisations et puis bien sûr, on y recevrait les nouveaux membres.

Humbert mit une main lourde sur l'épaule de Louis.

– Je vous présente « notre nouvelle recrue » Celui-ci fera un apprenti de premier ordre je vous le dis comme je le ressens Aldalde, vous connaissez mes ressentis n'est-ce pas !

La « nouvelle recrue » sentit tout le sang de son corps afflué vers son visage.

– Louis continuait-il en se penchant vers l'enfant, je te présente Maître Aldalde dit « l'ange Normand », ainsi nommé parce que son histoire de compagnon est indissociable de celle du sacre des rois de France à Reims !

À sa manière et parce que sa devise « travail et honneur » lui allait si bien, les grands anges aux ailes déployées magnifiaient à nouveau la somptueuse tenture sculptée bien au-dessus des gâbles en revers de façade.

– Oh, une simple vie d'honnête homme se défendait Aldalde

Qui ne valait certes rien face au baptême du premier roi des francs : Clovis, le couronnement de Louis le pieux, fils de Charlemagne ! Mais si ceux-là avaient été imités par la plupart de leurs successeurs jusqu'à Charles X en 1825, c'était bien parce que ces beautés-là étaient nées par le travail des hommes de sa trempe, puis des architectes qui faisaient vivre et revivre les « anges de l'annonciation » et « l'ange au sourire » par exemple.

Aldalde éclata de rire

– De grâce Nicolas, je ne vaux pas un tel honneur ! Vous allez faire peur à cet enfant !

Louis en effet, sans comprendre un traître mot de cet échange, tournait la tête simultanément vers l'un puis vers l'autre, entendant malgré tout qu'il avait affaire à deux éminences liées par des liens fraternels, un sens profond de solidarité et de respect mutuel, tout ce qui lui était parfaitement étranger et faisait pourtant vibrer son petit être comme quelque chose à la fois d'inconnu et de vécu du fond des âges.

– C'est d'accord pour ce soir Aldalde. Avec votre accord, j'y amène ce garçon et vais de ce pas lui faire visiter le chantier, vous permettez ?

– Comment si je permets mais bien sûr !

Puis dans le dos de l'homme qui s'éloignait avec l'enfant, il dit encore.

– Faites attention là-haut, il y a quelques pierres mal scellées, n'allez pas les prendre sur la tête !

C'est ainsi que Louis découvrit comment des hommes depuis le moyen-âge témoignaient de leur foi à Dieu et levaient des armées entières de bâtisseurs, de maçons, de tailleurs de pierre, de verriers, de charpentiers et répondaient ainsi à l'appel de leur conviction religieuse.

– Regarde Louis. Tous sont membres de la loge de Honfleur. Il s'agit d'une véritable fraternité de travail qui participe à cette rénovation. Ils sont tous sous la direction de leur maître.

– L'ange Normand ?

Comme il avait l'air simple se disait Louis qui avait considéré la mise pleine de poussière de l'homme en question et qui devait certainement aidé à son abord.

Mais qu'il ne se fie pas à cette simple impression cependant, lui répondait-on. Il n'avait pas besoin de bâton de commandement pour diriger les hommes, il savait tout : la maçonnerie, la charpenterie, le dessin.

Encore une chose qu'il apprenait lui, l'enfant pêcheur : ne pas juger sur l'apparence.

– Et vous M'sieur Humbert, vous faîtes quoi dans ce chantier, vous maçonnez aussi ?

Humbert levait la tête vers les croisées d'ogives, admirant la voûte qui répartissait sa charge aux quatre angles, car ils étaient entrés dans l'église.

– Tu sais, construire des cathédrales, rénover des églises comme celle-ci par exemple, coûte très cher.

Il était lui, maître d'ouvrage. À lui, revenait la charge de récupérer l'argent, les richesses des donneurs sans famille contre le salut de leur âme, des marchands fortunés, des corporations et elles étaient nombreuses dans ce pays de terre et de mer. Les boulangers, les fruitiers, les maréchaux, les fendeurs de bois, les tisserands de laine mais aussi marine oblige, les constructeurs de bateaux, les poissonniers. Du plus riche au plus pauvre, à chacun d'amener sa contribution. Réunir tout cet argent demandait une implication énorme en même temps que sa qualité de médecin. C'était fou mais très excitant.

– Vous avez parlé M'sieur de m'emmener au « cheval blanc ».

Il hésitait, gêné.

– … J'n'y puis point manger M'sieur.

Il plaquait une petite main sur l'unique poche de sa vareuse à hauteur de poitrine.

Le médecin lui expliqua que la loge de Honfleur « étroites amitiés » se ferait un devoir d'accepter en son sein des jeunes garçons de son âge.

– Les secrets du métier sont jalousement gardés mais il faut bien songer à passer la main. Tu as vu comme le compagnon mortelier est vieux ?

Il fallait être membre d'une loge s'il voulait apprendre le métier.

– Qui que j'vas dire devant tous ces gens s'affolait déjà le petit, je n'ai aucune connaissance !

Humbert sourit :

– Tu n'auras pas à prendre la parole, d'ailleurs tu n'y serais pas autorisé à cause de ton manque de connaissance justement !

L'admission « au devoir » était une cérémonie appelée « réception ». Elle avait ses rites et ses secrets. On prêtait serment de fidélité au devoir et à ses règles (notamment solidarité entre compagnons).

Pris par sa passion, Humbert oublia quelque peu qu'il s'adressait à un enfant :

– Pour les Francs-maçons, il y a une mise en scène. Le nouveau membre occupe la place centrale, à l'origine un fondateur de la société. Puis on admet l'idée de résurrection et de réincarnation de ce nouveau membre. En même temps et paradoxalement, le nouveau membre est assimilé à l'assassin du fondateur d'où le rite de mort et de résurrection qui se termine par un baptême. Il reçoit un nouveau nom puisque né une deuxième fois.

– Un nouveau nom ? s'étonnait le petit homme, les yeux agrandis, parce qu'il venait d'entendre : assassinat, résurrection, mort, renaissance. Mots qui dansaient dans sa petite tête une danse bien macabre.

– Oui. Le nom est formé d'une vertu suivi de la ville ou de la région. Courage d'Angoulême, joli cœur de Paris, Tolérance de Lyon, tu comprends ?

– Alors… je sais pas M'sieur. Tout cha me semble bien compliqué. J'cré que mes parents ne seront pas d'accord

– Tu n'as pas à te préoccuper de tout cela. Viens tout simplement ce soir. La décision sera prise de te prendre comme apprenti ou pas. On parlera aussi de tes gages, je pense que cela pourrait dérider tes parents.

Le petit fut légèrement interloqué. Il n'avait pas pensé à cet aspect. Gagner quelque argent ! Voilà qui donnait de l'espoir.

– C'est quoi la condition M'sieur ?

– Ne pas avoir eu de condamnation pénale, être catholique, avoir une vie d'honnête homme. Tu réponds à cela je pense Louis ?

Il y eut un grand silence. Oui, l'enfant mutique tout à coup pensait à son père. Avait-il été condamné pénalement ? Est-ce que cela comptait pour lui dans les conditions énoncées ?

Arrivés dans le déambulatoire, ils virent à leur droite deux maîtres verriers qui plaçaient un superbe vitrail. Point d'apprenti pour cet ouvrage et ce moment particulier. Les vitraux étaient les seuls livres d'images et racontaient les messages de la bible pour les illettrés du temps passé. Ils étaient souvent confiés aux seuls maîtres car le verre coûte trop cher pour être manipulé par des mains inexpertes.

Celui-ci racontait la mise en croix. Contre toute attente, les yeux plantés dans l'image qui brillait d'un bleu indigo, louis laissa tomber :

– Pourquoi vous faites tout cha pour moi ? C'est parce que vous n'aimez pas l'curé ?

Eh bien non. Le temps était passé depuis leur rencontre un certain soir chez les pauvres gens endeuillés. Ils avaient eu l'occasion de se rencontrer à nouveau, lui Humbert et le curé de la paroisse sainte Catherine. Ils avaient parlé de lui.

– De moi ? répondait Louis, surpris.

Humbert fit quelque pas que le petit emboîtait. Comment lui dire qu'il avait trouvé que cet homme de Dieu était un être intelligent, que celui-ci avait compris lui aussi que ce gosse ne serait jamais curé, pas non plus un travailleur de la mer.

Il avait vu, lui, le franc-maçon, malgré ce qui l'opposait au curé, un homme versé dans l'amour de son prochain, un être plein d'empathie.

– Cet homme t'aime beaucoup Louis. Je ne suis qu'un intermédiaire qui t'aidera à te mettre en contact avec tes maîtres d'apprentissage. Lui…

Le silence était total. C'était comme si l'église devenait soudain plus grande, plus intense, terriblement à l'écoute. D'un ton qui se voulait sans chaleur, feutré, presque bourru, il rendait son verdict d'homme de la science qui comprend bien des choses avant même qu'on ne s'exprime

– … Lui, c'est la personne qui restera dans ta vie, enfin, dans ta mémoire.

– Vous croyez ?

– Je le pense oui. Je pense que grâce à lui, ta vie a commencé à changer son cours.

Le petit fit quelques pas vers la porte où l'on entendait les hommes au travail, ayant soudain envie de prendre l'air. On étouffait là-dedans.

– Alors pourquoi y fait des choses terribles, clouer Jésus par exemple ?

– Qu'est-ce que tu chantes là, qui diable t'a raconté cela ?

– C'est vrai, je l'ai vu !

– Alors je ne sais pas de quoi tu parles.

Mais qu'il sache à l'heure où il le jugeait que la liberté était un don de Dieu. Être libre, c'était s'affranchir de tout jugement.

– Médite un peu cela petit.

On entendit un grand rire au loin et l'écho de cette joie leur parvint jusqu'à la travée centrale. Humbert prit congés à grandes enjambées, prit soudain peut-être par quelques occupations importantes qui lui revenaient en mémoire. Louis s'entendit dire un « à ce soir ! » puis très vite quelqu'un qui le hélait :

– Hé le gosse ! Sors de là veux-tu ! On va faire tomber du plâtre !

La chair vivante !

Réalisme et nudité, Courbet aimait cela bien au-delà des normes du beau. Il avait eu plusieurs fois la tentation de se confronter à la morale publique et la demande était telle qu'il ne pouvait en plus tenir à l'écart cette envie de mise en scène d'un réalisme très voluptueux qu'il affectionnait tout particulièrement. C'était vrai pour ses « baigneuses », huile qu'il avait peinte sur toile en 1853, grand tableau de plus de deux mètres de haut, d'une vérité charnelle scandaleuse aux dires des critiques peu amènes et des caricaturistes qui s'essayèrent au ridicule.

Que dire des femmes aux poses lascives, nues, plus indécentes les unes que les autres qu'il aimait plus que les « éphèbes Davidiens », à commencer par « le Hamac » qu'il avait peint à trente trois ans et qui décelait tout l'héritage d'un Rubens, d'un Titien, d'un Rembrandt et où perçait déjà, à travers une retenue encore académique, le Courbet à venir.

Frapper un grand coup ! Oh comme il en jouissait déjà ! Mais cette fois, pas de fesses rebondies, trop voyantes, capiteuses. Pas de lumière dorée d'un petit sous-bois qui appelle à la déraison. Pas de transparence aux ombres qui se juxtaposent pour contenir tous les débordements charnels et qui appellent à tous les désirs secrets.

Il était loin semblait-il le temps de sa jeunesse où il se peignait lui-même, peinture romantique comme « l'homme au chien noir » Il avait alors vingt ans et pourtant déjà des dents de loups tout près à élaborer les stratagèmes à venir, les émotions telles qu'il les ressentait. À bien y regarder, on le voyait déjà dans ce regard de défi qu'il portait contre la bienséance. Force étonnante de celui qui va décider seul sans autre directive ou commandement. Artiste libre, insoumis aux mœurs de son époque, irraisonnable et indépendant.

N'avait-il pas créé au nez et à la barbe de l'exposition universelle son exposition personnelle ! « Le pavillon du réalisme ! »

Oh mort, chair, souffrance, allures suspectes et aspect noir. Aucune vérité ne passe à travers les mailles, bien au contraire. Pour lui, le réalisme n'est pas une fade imitation du réel. C'est cru mais oh combien vivant, n'en déplaise !

Tout s'interpénètre. On ne vit pas à côté les uns des autres mais en rapport des uns des autres car ce fils de bonne famille a une révélation à vingt sept ans. Il découvre Baudelaire et « sa défense du sujet moderne ».

Tout explose et le voile sentimental, comédie d'une vie lisse, sans remous, est bousculé pour le reste de sa peinture. De sa vie en fait puisque la première est le pendant de l'autre. Ses parents l'avaient bien compris qui l'enlevèrent très vite de l'école pour qu'il s'adonne à la peinture. À lui les compositions que l'on juge laides car elles mettent en scène le petit monde, celui du travail et de la peine, les mal fagotés, les gueules noires, les paysans aux mains éclatées, les casseurs de pierre et les moments à l'envers de la vie, « enterrement à Ornans » par exemple. Audace, provocation ! Il se fout de ceux qui hurlent à la grande peinture, celle qui embellit ses sujets et élève la beauté à un paroxysme menteur. Car il veut la vérité, celle qui témoigne de la société telle qu'elle est. À bon entendeur… à bon voyeur !…

Il est sorti de sa chambre et cherche la mère Toutain, occupée bien sûr à quelque besogne. Elle est là justement qui fourrage dans l'armoire du couloir, celle à qui ont a coupé les pieds pour faire passer le chapeau de gendarme sous un plafond trop bas. Drôle de bricoleur qui s'est loupé car l'armoire est à présent bancale. Une des portes s'ouvre sans qu'on le lui demande et on la coince avec un bout de carton.

– Ah la mère, je voudrais que vous me prêtiez un drap de soie.

La femme de l'auberge se met à rire. Qu'est-ce qu'il croit, qu'elle est si riche pour se permettre d'avoir du linge en soie ?

– Regardez Gustave, j'ai des draps de lin. C'est épais et solide mais je ne pense pas que c'est ce que vous voulez ?

Bien sûr, son génie créateur n'y trouverait pas les reflets moirés qu'il recherche.

– Ah tenez Gustave reprend t-elle, je crois que j'ai ce qu'il vous faut.

Elle tenait une chemise en satinette dont la blancheur avec le temps avait viré à la couleur crème.

Homme gauche, il prenait le tissu dans ses mains gourds, le ramassait en corolle et considérait les effets de lumière qui s'accrochaient aux plis nouveaux.

– Madame, Vous me sauvez !

Elle le voyait s'enfuir, enchanté, souriant de ce service qu'elle lui rendait bien au-delà de ce qu'elle pouvait imaginer.

Dans la chambre, Catherine attendait, cachée derrière un paravent.

– Vous avez trouvé M'sieur Courbet ?

– Regarde ma belle, tu vas être magnifique la dessus !

Il disposait le tissu savamment autour d'elle, dans un premier temps sans égard au corps nu qui s'y allongeait, ne voyant ni la chevelure magnifique, dénouée, vivante chose d'un blond doré qui ondulait en cascade au-delà de l'épaule ni la toison du même blond qu'elle tentait d'une vaine pudeur de cacher d'une petite main. Confondante impudeur au contraire, à l'égal de son courage car il faut une force incroyable pour accepter ce qu'elle est en train de faire.

D'emblée, elle ferme les yeux tandis qu'il oblitère la fenêtre, laissant filtrer juste ce qu'il faut de lumière.

Que pense t-elle à ce moment la sauvage gamine de Honfleur, rebelle et belle, sauvage et instinctive ? Que l'art se compose et se donne tout entier, modèle et peintre ou communion absolue dans son âme d'artiste car pour elle, il n'y a pas de frontière. Tout est un tout, indissociable, « infragmentable ». Elle pourrait boire la mer toute entière si tant est que cela fut possible parce que c'est comme cela quand on aime.

Lui, s'apprête à faire voler en éclats tous les codes de la bienséance. Il est pertinent dans sa volonté et ce qu'il veut n'est pas enrobé d'ombres en clair-obscur.

Il installe son chevalet presque au pied de son sujet car le plan qu'il souhaite doit être visible dans ses moindres détails. Elle, a promis, elle acceptera.

Catherine se dit qu'elle meure. Si le tableau vit, et il vivra, s'en sera fait de son honneur, de son intégrité, de sa vertu même si physiquement, elle est intacte. Elle offre sa vie, consentante et extra lucide. Elle offre son corps et l'intérieur de son âme, le noyau suprême de son être de chair et cela pour le seul art qu'elle sublime.

Laissons peindre Courbet tandis qu'au dehors, les oiseaux vivent. Il ne les entend pas. Elle, n'entend qu'eux et le pinceau qui vient gratter la toile. Elle pourrait presque s'endormir si seulement elle n'avait pas si honte. Elle se dit que ce qu'elle est en train de faire est un acte d'amour. Elle donne son sexe sans même qu'on y touche et il brûle du regard qui la fouaille.

Il peint….

Les heures s'égrènent et elle a froid. Elle a entrepris une marche étrange dans sa tête. Elle se souvient d'un poème. Cela commence… :

« C'est l'automne, l'automne en pleins champs

Avec ses bourrasques, ses longs soupirs, ses feuilles jaunies qui tourbillonnent au loin », mais les feuilles pleurent.… Catherine s'en va.

Où va-t-elle disent-elles ? Qu'emmène t-elle ?

Elle prend son sac à dos et le rempli des éclats de rire qui sont son quotidien, de la douceur de sa main sur la joue de Louis ou de Julia, des colères brusques et violentes pour défendre l'injustice, du rose des émotions quand les sentiments l'étreignent et du bleu d'un regard qui aime éperdument.

Connaît-elle l'automne finalement, l'automne en pleins champs ?

Il vit, meure et éternellement revient.

Comme le souvenir qu'elle laisse.

Un océan d'amour qui tourbillonne au loin.

La neige à présent… Non, la glace. La tempête qui s'abat, folle et pleine de rage comme la mèche d'un fouet dans la main d'un fou. Elle cingle le visage qui rougit de cette infortune mais la nuit a dévoré les vivants et rien ni personne ne peut s'en inquiéter. Elle va mourir là, solitaire et terriblement triste car la mort est triste avant le passage. Elle attend des heures avant la délivrance.

Marche étrange…

Courbet pense qu'elle s'est endormie. Il continue son œuvre seul, tandis qu'autour de lui, la pénombre s'installe. Il peint vite, d'une sorte d'empressement qu'il ne peut définir. Il sent l'instant magique qui peut-être ne reviendra pas. Ces moments-là sont rares, quasi impossible à concevoir et lui, a cette chance. Il est tombé sur un modèle incroyable de force et de charisme. Il mesure bien cette chance et c'est pour cela qu'il va vite, très vite. Il est capable de prouesse. C'est ce qu'il fait quand il prend la vague qui se soulève, l'écume qui éclate dans sa mémoire avant que sa main ne transmette l'émotion. Ses grands chefs-d'œuvre sont ceux qu'il attrape ainsi, presque à l'insu du temps ou de l'événement. Un geste, un regard, un coup de vent. L'instantané a cette présence et cette puissance.

Il la regarde, jolie vierge, pleine de rêve et de candeur tandis qu'il peint le brut.

Mais voici qu'elle pleure. Ce sont de vraies grosses larmes salées comme un coup de tabac qui vient du large, puissant, isolé, incalculable, imprévisible. Puis deux petits ruisseaux sauvages qui se dessinent sous la mousse des cils. C'est terriblement violent.

D'un seul élan, il est près d'elle, s'agenouille et lui entoure la tête d'un bras protecteur et paternel en lui caressant les cheveux

Le moment dure une éternité et ils restent là tous les deux, dans cet échange sans parole, communion totale entre le peintre et son modèle, tous deux tendant vers cette magie de l'art qui vient se poser sur la vie des humains comme une aura céleste. Car c'est bien la main de Dieu qui soutient et soupèse leur cœur.

Ils vivent cet instant présent comme on réclame une trêve dans cette folie remuante qu'est la vie.

C'est ce moment que choisit Sisley pour entrer dans la pièce. Il le fait avec une spontanéité qui lui ressemble. D'un seul regard, il jauge l'atmosphère, son ami le peintre près du modèle. Catherine !…

Il toise la toile. C'est à peine croyable… Il est foudroyé, incapable du moindre geste, du moindre mot. Catherine s'est redressée mais ne peut cacher sa nudité. Elle peut appeler :

– Alfred !!!

Il n'entend pas. Il est déjà parti. Oh mon Dieu ! Elle prend son visage à deux mains. Comment un quart de seconde peut faire basculer toute une vie ? Elle vient d'être marquée au fer rouge.

Courbet, paternel, lui explique, lui rappelle que Sisley est lui aussi peintre. Qu'il sait ce que veut dire « modèle ». Qu'elle se rassure donc. On pourra en parler avec lui si elle le souhaite. Il n'y a pas de problème.

Catherine s'est levée, reprenant possession de son corps, de son esprit, de sa vie. Elle a attrapé la chemise en satinette et la passe par-dessus sa tête puis s'approche du chevalet, en fait le tour.

Glacée, elle considère son sexe qui s'expose, impudeur suprême et d'un réalisme au-dessus de tout ce qui est imaginable. Sa vie vient de se fracasser au sol. Elle le ressent de tout son être, dans tout son corps. Elle s'assoit sur le tabouret, les jambes coupées. S'en est fini d'elle.

Allons, tout cela n'est pas si grave et puis, si cela la gêne à ce point, le tableau n'ira pas à l'exposition universelle voilà tout.

– Non mais, vous vous rendez pas compte M'sieur Courbet !

Il prend sur sa palette un peu de noir. Il repeint, il rit un peu. Voilà. Nul ne pourrait reconnaître la blonde Catherine.

Elle pense à Alfred Sisley. Quelle honte !… Comment le revoir à présent, comment le regarder dans les yeux !

Elle est en état de sidération. Les larmes à nouveau. Désespoir…

Alors, il fait une chose incroyable. Il décroche la feuille fraîche de peinture, l'attrape à deux mains et la déchire en deux morceaux. Il vient d'un geste de détruire son œuvre… non, il vient de faire deux peintures, deux tableaux, un buste et un sexe… seul.

Nul ne pourra dire à qui appartient l'un et l'autre.

– Ma petite, te voilà libre de toute comparaison. Nul ne saura jamais que tu as posé pour moi.

– À part Sisley !

Courbet met un moment à répondre, se rendant compte de ce que cela peut impliquer pour elle.

– Oui… à part Sisley !

– Regarde petit, sculpter veut dire enlever de la matière pour faire apparaître les volumes, tu comprends ?

Le gosse approuvait énergiquement, fasciné par la main qui tenait la gouge méplate sous-taillant le profil pour en souligner le relief. Le maître imagier se disait qu'il avait de la chance d'avoir trouvé ce profil-là justement pour en faire son ange Gabriel. Il l'avait tracé au crayon sur un bloc de bossé et cette mûre réflexion préliminaire prenait corps et laissait à présent place au travail de la matière. Il avait choisi un cèdre du Honduras facile à sculpter, résistant à l'humidité et aux parasites. Son « veinage » serré, ses pores visibles à l'œil nu et son grain rouge serré, siérait à ravir pour cet ouvrage d'une grande finesse.

Maintenant que le profil en était tracé, Louis pouvait regarder le maître travailler.

– C'est un bois d'chez nous ? demandait-il

– Non, celui-ci vient d'Amérique du sud, tu situes ?

– Pas trop.

L'imagier ébauchait avec des gestes rapides mais précis. Vite saisir l'âme de l'œuvre. Il s'agissait pour lui de dégrossir rapidement la pièce de bois pour lui donner les volumes de son modèle. Quand le gosse serait parti, lui resterait d'aller puiser dans sa mémoire les traits fins du gamin.

Gilbert s'appelait-il. Tout le monde l'appelait Bébert évidemment.

À lui fermoirs, gouges, nérons et burins. Il travaillait en partie haute, voisin du gars qui en face de lui sur la partie méridionale et juché sur l'échafaudage voisin, tapait sur les murs pour en faire tomber les plâtras.

À lui aussi ce travail de grande finesse à l'opposé de l'autre, processus à plusieurs étapes qui avait le mérite de gagner du temps donc de l'argent pour le coûteux chantier. Mais cette lame qui mordait le bois prenait, elle, tout son temps car le travail en taille directe, c'était de la création à l'état pur. Plus tard encore, il serait possible de peaufiner les détails et faire l'exact rendu des expressions du visage. Il reprendrait peut-être un contour, les dimensions de l'œil, la moue si expressive et l'implantation des cheveux.

– Vous pouvez faire tout cha dans le bois M'sieur Bébert ?

Comme cela était fascinant ! Il se félicitait d'avoir traîné encore un peu dans cette église saint Léonard, le temps au moins d'avoir été aperçu puis hélé de la haut par cet homme de l'art.

Le bonhomme sourit à l'enfant.

– Oui mon petit parce que là tu vois…

Il posait sa main sur le pilier où viendrait s'adosser sa tête

– … Ici c'est de l'orme

Un bois grossier, dur à travailler parce que d'une structure très irrégulière.

– Si je représentais ta tête là-dessus, elle se fendillerait certainement avec les années.

– Ah bon ?

– Je ne pourrais pas non plus le polir. Ce ne serait guère beau… et ce serait dommage !

Son sourire s'accentua à la beauté de l'enfant et du regard si bleu qui buvait ses paroles.

– Tu aimerais sculpter le bois petit ?

Aimerait-il autant que lui se demandait l'homme, les bruns rouges profonds, cette patine dorée, ces odeurs entêtantes qui font s'envoler l'âme ? Le bois si vivant, matière noble et lourde qui vieillit mais résiste mieux que les hommes. Louis se disait qu'il n'avait jusque-là pensé qu'à tailler la pierre, mais dans le fond, pourquoi pas commencer par le bois.

– Attention prévenait le maître, ce n'est pas plus facile. Je dirais même…

Toute son attention se dirigeait vers ce tas de bois qui s'entassait dans un coin. Tas d'ailleurs n'était pas le mot puisqu'il aurait facilement évoqué un désordre sans valeur. Ce bois-là comprenait des essences riches aux propriétés particulières. On y voyait des coupes transversales qui laissaient apparaître le bois de cœur ou bois parfait, d'autres formé des couches originelles qui avaient conservées son écorce et son aubier. Il en allait du cèdre qu'il avait choisi mais aussi de l'aulne que l'on avait utilisé à Venise expliquait-il au gosse, car il résiste à l'eau, quelques bois de buis ou de bouleau. Rose, cannelle, jaune clair ou brun foncé. Quelle beauté vivante !

Il prenait un morceau qu'il inspectait sur toutes les coutures, passait un doigt sur une arrête puis le caressait du plat de la main. Cela n'était pas sans rappeler le même geste des carriers et Louis en faisait la comparaison. Le maître imagier jeta son dévolu sur un morceau de pin jaune pinus rigida encore appelé pinus elliotti lança-t-il (comme il était savant !). Le petit écoutait.

– Tu vas commencé par ça. Emporte ça chez toi petit et essaye de me tailler quelque chose qui ressemble à… à ce que tu veux après tout.

Louis prenait à son tour la pièce de bois, la serrant sur son cœur religieusement comme s'il s'était agit d'un cadeau des plus précieux

– Mais avec quoi M'sieur Gilbert demandait-il, j'ai qu'mon p'tit couteau.

Allons, qu'allait lui prêter le maître ? Il ne s'agissait pas que le gosse se blesse. Il lui était un peu douloureux de se séparer de ses outils. Ils étaient le prolongement de ses doigts, de sa vie.

Dans la sacoche de cuir qui s'ouvrait sur deux trousses de toile, les outils s'enfilaient dans des poches tête bèche pour protéger leur tranchant. À chacun son usage particulier. Il choisit une gouge simple, un fermoir au manche neuf et une petite spatule contre coudée facile à manipuler. Louis montrait le manche usé qui dépassait d'une des sacoches disant qu'il se satisferait d'un vieil outil.

– Ah celui-là mon gars, je ne te le prête pas. Il a la forme de ma main. À la longue, main et outil ne font plus qu'un !

Ainsi nanti, l'enfant remercia, parti et l'homme reprit son ouvrage, heureux de cet heureux présage.

Rue l'Homme-de-Bois, la pièce de bois faillit bien terminer sa carrière avant même de l'avoir commencée. La mère trouvant le bloc carré sur la table n'eut pas d'autre réflexion que d'y trouver l'aubaine de sa prochaine flambée. Il allait pile poil dans le fourneau et tiendrait bien le temps du fricot. Un moment sorti dehors, Louis arriva juste à temps en criant : « mon pinus elliotti ! » Ce que la sotte femme prit pour une injure et se campa d'heureux chef pour lui balancer une claque.

– Mais mère, c'est pou'sculpter !

– Sculpter qui ! Non mais des fois !

Une fille qui rêve de peindre, lui qui veut tailler du bois et l'autre gamine-là, la Julia qui n'en finissait pas de galvauder !

– … Vous feriez mieux de chercher votre père toujous dans sa saoulographie ! ça fait sept jours qu'il est pas rentré !

Voilà qui ne s'arrangeait pas. Sept jours ! Où pouvait-il être ? Louis jugea prudent de mettre ses affaires en lieu sûr et attendit ses sœurs, assis sur le perron. La rue brassait des odeurs de soupe et de mauvais vin mais cela n'était pas désagréable. Quand les foyers s'ouvraient sur l'extérieur, les beaux jours ramenaient d'autres envies moins casanières, envie de parler à celui qui passe.

– T'as pas vu Marchal ? criait la femme de sa cuisine

– Hé non la mère. L'es toujou pas rentré alors ? constatait l'autre.

Elle disait « Marchal » comme la distance qu'elle y mettait et que démentait pourtant son inquiétude. Le marin continuait sa route et montait la rue en peinant un peu plus, chargé lui aussi de questionnements. Pas normal tout ça !

Julia arriva la première. On voyait à sa démarche la fatigue qui alourdissait ses pas encore plus que ses sabots.

– D'où tu viens ? lui demandait Louis.

– Mais des moules p'tit frère, tiens, r'gâde ! (regarde)

Elle lui mettait sous le nez les sous qu'elle avait obtenus du mareyeur, quelques piécettes d'argent qui se chevauchaient dans sa petite main harassée et qu'elle était fière de montrer.

– Je pense que la mère va être contente espérait-elle.

– Elle est pas de bon poil !

– Ah.

Fataliste, c'est tout ce qu'elle pouvait en dire. Que pouvait-on s'imaginer quand on quittait la maison et que l'air marin vous volait vos angoisses ? Ça vous flanquait au retour un coup au moral ! Ah oui, la mère et sa méchante humeur !… de quoi avoir grande envie de rebrousser chemin.

Était-ce cela qu'elle pensait aussi la sœur aînée qui montait à son tour la rue comme si elle était malade, l'air complètement abattu et se laissait choir comme foudre tombée sur la marche de l'entrée entre son frère et sa sœur qu'elle serrait contre son flanc comme mère ses petits ? Blanche de figure, elle sortit de sous les plis de sa jupe une bouteille de « bère » ce grossier cidre de boisson coupé d'eau qu'elle avait du ramener de Saint-Siméon. La bouteille n'était pas fermée d'un bouchon de liège (trop cher pour une boisson banale) mais d'un opercule de fer qu'elle fit sauter du pouce avant d'en avaler une rasade et d'entonner un « vogue la galère ! » chanson de matelot bien connue des pêcheurs qui ramènent dans leurs filets des ruines de fond d'eau pour tout poisson. La mère que la vue de la bouteille enflammait, rentra dans une colère démesurée, traita sa fille de gueuse, d'ivrognasse tout pareil à son homme qui ne rentrait pas, chassa les trois gosses qu'elle ne pouvait plus voir et s'enferma dans sa masure en faisant deux tours de clefs bien sonnés qui mit dans le cœur de Julia un pauvre effet mélancolique se conjuguant d'une façon injuste à la fatigue d'une journée éprouvante.

– Justement la mère, à la tienne, à tes amours ! gueulait Catherine en face de la porte fermée et reprise par sa gouaille qui n'était en fait qu'une misérable douleur. Encore eut-il fallu un brin de finesse pour décrypter la souffrance, ce dont la mauvaise femme en était bien dépourvue.

– Assez Catherine ! disait Julia affolée en appuyant sur le cul de la bouteille. Qu'est-ce qui te prends !

L'aînée enchaînait sur une chanson paillarde et lançait aux frontons des maisons de quoi ravir les autres voisins qu'un événement croustillant faisait sortir sur le pas de leur porte.

– C'est la fille Marchal entendait-on, elle est bourrée comme un coing !

Louis s'était mis à pleurer, du désespoir des pauvres mioches, lui aussi fatigué, affamé, désolé. Julia prit la situation en main, le gamin misérable et la grande sœur ricanant qui s'employait à « goulayer » son breuvage en souhaitant aux uns et aux autres, d'aussi loin qu'ils l'apercevaient, santé, prospérité et aisance m'sieurs dames !

Ils prirent l'une des rues perpendiculaires à la rue l'Homme-de-Bois, long boyau très étroit dont les marches humides dévalaient jusqu'à la rue haute.

– Qui qui t'as pris ? osait Julia car la grande, l'œil torve s'était calmée d'un coup comme on tire le rideau d'un théâtre. Un simple changement de rue avait suffi à changer la situation. S'adossant à un mur, elle tenait la bouteille par son col à hauteur de ses yeux, toute représentation terminée.

– Regardez vous deux. C'est du gros bère Pas de danger d'être saoul avec cha !

Elle regardait à travers le verre épais le breuvage malmené qui s'était troublé.

– … Ou faudrait en bère des litres et des tonneaux ! ricanait-elle d'une drôle de voix. Puis…

– Pourquoi tu pleures Louis ?

Comment expliquer à ses sœurs tout cet avenir qui se lézardait. Il faut des manières, un nom honorable pour faire ce qu'il voulait entreprendre, même s'il n'était pas question de passer pour ce qu'on n'était pas, il y avait un juste milieu ! Qu'un des gens maçons demandât des renseignements sur sa famille et c'en serait fait de lui. Les proches, les amis, les voisins, pas un qui n'aurait des mots tout faits pour dire des vérités. Que chez lui, boire était une activité perpétuelle qui rythmait mieux que l'horloge de la salle.

– Bon, disait la grande, comme le père ne va pas regagner le logis d'ici cette nuit car il doit cuver dans son rafiot et qu'la mère ne va pas sortir de son état, la nuit risque d'êt'longue ! Je vous propose de boire quand même une goulée, histoire de s'teni éveillé.

– J'ai faim laissa tomber le gosse

Miracle de la jeunesse qui a l'estomac parfois plus lourd que le cœur et qui ne peut se contenter d'une viatique soupe aux herbes ou même rien mais Julia encore, montra ses pièces ce qui fit sourire les deux autres qui présentaient pourtant l'instant d'avant tous les signes des agonisants.

– Chez Nono ça vous va ti ? Des frites et du boudin !

Oh non cela n'était pas une fête ce repas pris tous les trois mais quand même, ça faisait plaisir. Derrière les frites et le boudin, il y avait l'amour de ces trois-là comme ces croix qui se lisaient encore gravées pour l'éternité dans la prison de la rue qui porte le même nom. Louis ria un peu parce la vue de la crêpe que la cafetière leur apporta sans qu'ils n'aient rien demandé, lui ramenait ses douze ans. C'était gentil, c'était simple ça réchauffait les mers glacées qui bordent la Sibérie septentrionale car c'est bien comme cela que ça cognait sur les rivages de leur cœur. Le repas terminé, Julia demanda :

– Alors ? Raconte !

Tout ce cirque à l'arrivée, il y avait bien une cause. Quelque chose de triste… ou de terrible.

Catherine, les yeux qui se noyaient un peu, avait pris une sorte de fixité, regardant au dehors la forêt de mâts qui se balançaient. Il y avait non loin d'elle, à portée de doigt sur un perchoir, un perroquet des îles qui perdaient peu à peu ses couleurs. Le volatile tassé sur lui-même était retenu par une patte avec une chaînette. Peut-être venait-il de ces contrées lointaines, ramenés par un matelot au long cours. Il avait en tout cas donné son nom à la taverne : « le perroquet vert » Elle lui tendit son doigt, ce que l'animal n'aurait eu aucun mal à sectionner de son bec acéré.

– Arrête.

Elle poussa un long soupir, expliqua qu'elle ne retournerait pas à l'auberge *Saint-Siméon.*

– C'est tout de même cha qui ramène des sous s'inquiétait Louis

Tant pis. Les verres s'entrechoquèrent car elle voulait fêter… quoi ? Les deux plus jeunes s'interrogeaient mais Catherine resta muette. Ils sauraient peut-être plus tard, peut-être jamais.

Un des gars du port arriva au bar, les salua car tout le monde connaissait tout le monde même les enfants du quai et bien sûr aussi les enfants Marchal.

Mauvaise affaire pour eux, il avait vu des choses mais lui non plus ne voulait pas parler. Ils faisaient pitié les pauvres mioches. Quel scandale si tout se savait ! Il les regardait de biais puis abattit ses cartes quand même, comme si un trop plein débordait. Il avait envie de parler et en même temps de garder pour lui. Alors il lança des phrases à double tranchant, des :

« Ça d'vait arriver ! »

Ou bien :

« C'est ti Dieu possible ! »

Ou encore dans un patois qui s'accentuait avec l'émotion :

– J'm'en gourais, fallait bien s'méfier de li !

– Dis donc Marceau bondit Catherine d'un seul coup, ce qui fit même sursauter les deux petits, si t'as quelque chose à dire, te gêne pas !

Lui ? Il n'avait rien à dire ou plutôt ça lui ferait mal au cœur. Mais la fille se leva brutalement ce qui renversa la chaise Elle était décidément à fleur de peau ce soir !

– C'est du père que t'avances toutes ces curiosités ? disait-elle près du bonhomme, sans peur, visage en avant comme un coq qui avance ses ergots. Et l'homme qui avait pourtant vu plus d'une tempête se troublait un peu, buvait une gorgée de son alcool pour se donner l'apparence, lançait un coup de menton pour désigner les deux petits restés à la table.

– 'Peux pas !

– Dis toujous, on verra bien.

– Ton père, il l'aimait pas c'gars-là et d'ailleurs, on n'sait point d'où qui sort. L'avait raison de se méfier répétait-il encore

– Qu'est ce que t'insinues, qu'il a mis l'père à l'iau ?

L'autre levait la main comme pour défendre l'argument brutal

– J'ai rien dit.

– Tu sous-entends c'est pareil

À la table, les deux gosses avaient blêmi.

– Attention Marceau, c'est grave cha !

Elle pointait un doigt vers lui, toute méfiance exacerbée, les yeux noirs tout à coup, rétrécis en deux fentes minces d'où perçaient des éclairs. D'où ils étaient, Julia et Louis voyaient leur sœur devenir de plus en plus pâle. La cafetière tournoyant sa chiffe autour d'une moque modérait :

– Allons la Cath, vas pas te fourrer des idées pareilles dans la tête et puis toi grand couillon, a t-on idée !

Elle levait les épaules, désapprouvant cette conversation qui mettait la gosse dans tous ces états. Et les deux autres voyait-elle, figés comme des statues de sel. Pauv'gamins !

L'homme se fit servir un autre verre puis claqua la langue en signe de contentement. Allons, il était temps de rentrer. Il jeta sur le comptoir une piécette.

– Tiens, paye-té Simone. Il se retournait vers Catherine–

Faudrait être stupide et aveugle pour ne pas avoir vu le manège de ta mère. Cherchez donc par-là les gosses. L'autre, j'dis pas qu'il la poussé à l'iau vot'père car personne ne l'a vu mais quand même, moi, j'ai mon idée la dessus… et je ne suis pas le seul !

Avant de refermer la porte de l'auberge, il se retournait encore, le visage triste tout à coup.

– S'il rentre un jour le René, je serai le premier content vous savez !

Catherine, face à la porte qui s'était refermée au son du grelot, restait figée un moment avant de se retourner vers la femme et demander avec un coup de menton :

– Tu cré à cha, té Simone ?

L'aubergiste sans cesser son essuyage répondait avec un embarras visible.

– Ah ça moi, j'en sais rien ma poulette

– Mais placée comme t'es (elle voulait dire que son commerce était bien l'endroit idéal des ragots) t'as ben du entendre des choses ?

– Tout ce que je peux te dire c'est que sur le quai, ça cause en effet !

On entendit subrepticement une petite voix qui disait :

– Il est où alors mon père ?

– T'en fais pas mon chéri. Il va bien finir par rentrer

– Allons, v'nez vous autres décidait la grande, on y va. Merci pour la crêpe, Simone.

Le ciel était bas lourd et plombé quand ils sortirent de l'auberge. De ces soirées presque enivrantes car elles présagent du beau temps qui va durer et les mouettes rieuses s'en donnaient à cœur joie et montraient leur insouciance en criant d'allégresse. Oui, une de ces soirées douces qui distillaient encore plus l'odeur de la marée. Catherine, en proie à une lutte intérieure n'osait exprimer ses pensées de peur d'effrayer ses frère et sœur. C'est tout naturellement qu'ils prirent la direction du quai où était amarré le bateau figé dans l'attente de sa prochaine marée. Sans plus de mot, ils se saisirent de l'amarre d'avant, le ramenant à eux puis l'écartant avec le pied sur l'étrave, lui faisant faire des mouvements d'avant en arrière avec la lenteur de son poids. Sur le mât, un oiseau de mer les regardait faire, nullement dérangé par ce balancement léger. Rien ne se produisit bien sûr et c'était heureux pour eux qu'aucun corps ne se décrochât de la quille pour remonter sous leurs yeux.

Du plomb dans le cœur, ils reprirent leur marche, un peu éreintante au vu de l'heure tardive mais Louis exprima le désir d'aller au *Cheval Blanc,* ce qui surprit les deux filles. L'auberge était bien renommée. S'y trouvaient des gens bien (nantis), des personnes qui arrivaient par diligence et prenaient parfois le bateau du Havre. Pas un endroit pour eux donc, pauvres gosses de Honfleur qui souvent les regardaient du parapet comme des bêtes curieuses, monde si différent du leur, qui se côtoie mais ne se mélange pas.

Les deux filles prirent place donc sur ce parapet de granit, siège de théâtre pour bien des Honfleurais qui ne se lassaient pas de regarder le spectacle de la vie, riaient souvent parce qu'ils étaient facilement moqueurs et facétieux sans savoir qu'ils étaient eux-mêmes les comédiens. Elles attendirent peut-être deux heures face à cette marée humaine qui remuait sans cesse et au bateau du Havre qui venait d'accoster et vomissait toute cette populace apportant à lui seul une vraie composition de vie.

Parmi les gens caquetaient quelques poules que l'on portait dans des cages d'osier que venaient renifler les chiens errants, d'autres poussant veaux vaches et même cochons qui freinaient des quatre fers et se faisaient lourds comme des ânes morts. On avait peine à les débarquer et c'était drôle pour ces pauvres animaux qui souffraient du mal de mer et qu'aucun remède du « passocéan » n'aurait pu calmer puisqu'il n'était pas encore inventé. Ce remue ménage se renouvelait deux fois par jour et les Honfleurais assistaient à cette débarque comme une véritable scène de comédie.

Au bout du quai, on pouvait voir un peintre embrassant la scène, tout ou une partie du port animé, bien inspiré de ce cadre improbable qui vivait encore bruyamment aux premières heures du soir.

Catherine, les yeux rétrécis à force de fixité, peignait par procuration, imaginant les couleurs qu'elle aurait pu y mettre, vivant les nuages qui fuyaient comme des chariots de coton et qu'elle aurait fixé d'un blanc de fromage sec.

Comme ses œuvres étaient puissantes, celles qui ne franchissaient pas la barrière de son être et qu'elle aurait voulue, nées, libres, vivantes.

– J'ai posé nue, dit-elle soudain.

Délicieux vol que celui dc cettc mouettc qui vint se poser près des filles et que Julia admira comme si ce ne fut là que l'objet de sa seule préoccupation. La phrase de sa sœur faisait doucement son chemin dans son esprit, traversant les strates et méandres de sa pensée.

– T'es sacrément forte Cath !

L'aînée, surprise, eut presque un haut le cœur :

– Comment, Julia, ça te choque pas ?

La petite regardait les détails du visage de sa sœur, ses yeux si beaux agrandis par la surprise, sa bouche entrouverte sur cette interrogation qu'une telle déclaration aurait pu faire naître : scandale, moquerie, provocation…

– L'Art ! ma sœur, Cet amour-là n'a pas de limite et pis…. ça te ressemble d'aller au bout des choses !

– Tu vois 'Ju, j'cré ben que je me suis perdue.

Cet art qu'elle vivait comme une ardente humeur l'avait tuée pensait-elle. Il y eut un silence, long, épais. Elle reprit :

– L'Alfred, il a vu… Il est parti.

– Sisley ?

Il avait pris dès le soir le train pour Paris. Envolé l'amour si beau qui promettait un avenir merveilleux. Envolées avec lui les belles promesses. Il ne reviendrait pas. Elle en était certaine. Elle le sentait.

La jeune femme baissait la tête sur ses mains vides, sur les tableaux que jamais elle ne peindrait, sur l'intérieur de son être bafoué, sali, visité.

Oh comme il était difficile de savoir si elle avait eu tort ou non. Était-ce sa faute d'avoir accepté l'impensable, était-ce la faute à ce Khalil Bey collectionneur d'art, ancien diplomate qui vivait à Paris, adepte du scandale. N'avait-il pas déjà acheté *Le sommeil*, toile de Courbet et *Le bain turc* à Ingres ?

L'origine du monde, Monsieur Bey !, avait clamé Courbet en déchirant en deux l'œuvre à peine achevée et montrant d'un bras levé la partie de la peinture qui montrait le sexe né par césarienne. Quel héritage immense à léguer aux artistes à venir, comme lui, libres, engagés !

Elles virent Louis sortir rayonnant, petit homme à vareuse parmi les hommes. Ils parlaient tous encore sur le pas de la porte de l'auberge et le petit se détacha du groupe pour aller vers ses sœurs.

– Tu ne lui dis rien murmura l'aînée.

– Bien sûr !

Le gosse exalté revivait sa réunion, racontait, expliquait, volubile l'instant magique où son nom avait été évoqué. Dans cette grande assemblée, il avait reconnu quelques hommes, le compagnon mortelier, Humbert en grande tenue, homme très important comme de fait puisque siégeant à la tribune à côté de maître Aldalde et puis sur les sièges en face d'eux, quelques uns qu'il avait aperçus, ceux du chantier, compagnons du devoir, Francs-maçons. Oh comme tout cela était merveilleux !

– Qu'est-ce qui t'ont proposé alors ? demanda Julia

Le petit, du rire dans la voix n'avait pas assez de mots pour décrire ses impressions. Elles étaient solennelles, il y avait eu des discours « de grande culture » mais il avait compris deux ou trois choses.

– C'était clair, brillant, ô vous auriez vu cha !

– Mais à toi, qu'est ce qu'y z'ont dit ? insistait Julia

– Et ben (il chercha des mots justes), j'avais l'impression d'être… quelqu'un ! Et puis, on m'a proposé du travail.

– Ça c'est bien !

– Je v'as intégrer leur LOGE comme y disent. (Il disait « loge » comme on dit trésor ou bonheur.)

Les filles félicitèrent leur jeune frère sans vraiment comprendre de quoi il retournait. Il était beau dans ce bonheur tout neuf qui l'auréolait, petit Louis plein de rêves, se voyant déjà bâtir de ces tours et châteaux, de ces églises pleine de prières et de chants qui monteraient vers le ciel, gravissant la montagne du sacré qui permet à l'âme humaine de s'élever toujours plus haut.

Il ne sait pas encore que son futur proche est plutôt près des enfers et que d'autres que lui ont planifié sa vie. Parce que c'est comme ça quand on a douze ans au XIXe siècle et qu'on est enfant d'un port. L'habit qu'on lui prépare n'est ni la tunique poudrée des pierreux ni le turban blanc des imagiers mais le ciré huilé trop grand pour ses frêles épaules, raide comme l'injustice humaine, aux poignets élastiqués qui procure des démangeaisons insoutenables de mycoses « les petits choux blancs » et d'eau salée. Salée oui, comme cette morue qui est l'enfer et le quotidien des petits mousses sur les bateaux de misère.

Pis encore, le morutier qui va appareiller de Fécamp « la sainte foi d'espérance » et qu'il devra rejoindre avec un bateau d'Honfleur le fera dans à peine dix jours et ni l'absence du père toujours porté disparu ni les larmes de ses sœurs n'y changeraient quelque chose.

Devant ce petit visage dont on s'imagine qu'il ne sourira plus avant très longtemps, on explique qu'on va « lui serrer la vis » histoire de lui faire sortir ses idées loufoques venues du moyen âge de constructions et de bâtisseurs et qu'il est temps pour lui de gagner vraiment le pain familial. Est-il possible de s'imaginer que ce gosse, cette âme d'or sensible et pas bien gros, va devenir le souffre douleur d'une équipe le plus souvent avinée qui turbine à l'alcool fort pour résister à la vie de bagnard et de forçat des gens du « grand métier » celui des Terres-Neuvas, des coups de tabac, du froid glacial qui enserre les corps à les broyer, de la mer qui se creuse et fabrique des pantins désarticulés qui dégueulent à grands jets la maudite houle et le pauvre repas de la veille.

Ceux-là seulement ont de la chance car il y a pire encore que cet enfer. Les gosses que l'ont va violer, fils des « péris en mer » et qui ne se plaindront plus à personne car il n'y a plus personne pour se faire, esclaves des fous brutaux qui hurlent à la maudite bigaille, petits martyrs qui meurent parfois de mauvais traitements, de souffrance et de désespoir.

Face à cette tyrannie qui se prépare, Louis est terrorisé et secoué de spasmes, Julia panique. Catherine qui a tout compris l'atmosphère de mort et la tension extrême qui s'abat sur eux, car ce qui arrive à son frère, c'est à elle qu'on lui fait, va reprendre rapidement la situation en main, les galvanisant de son calme et d'une terrible détermination. Elle se l'était promise : jamais personne ne portera atteinte à son frère et à sa sœur. Unis comme sur l'ex-voto qui porte leurs trois initiales :

LJC Reconnaissance à Notre Dame 1865

Allez y voir je ne mens pas ! Il est bien à Notre-Dame-de-Grâce ! Cette plaque de marbre jaunie par le temps est marquée aux quatre coins de l'étoile du berger. Elle est le témoin de la protection du petit mousse puisque l'enfer n'était pas pour lui.

– Pardonnez-nous Notre Dame parce qu'on a pêché.

Ainsi prièrent-ils tous les trois dans la chapelle après qu'ils aient monté la côte de Grâce pieds nus et vinrent offrir leur prière de désobéissance à la Dame qui a revêtu son manteau d'or car demain, c'est Pentecôte, la fête des marins ici à Honfleur. Et ça brasse au dehors car on prépare les lieux pour la messe de la procession qui se dira en plein air De l'intérieur du petit édifice, on entend les hommes qui s'agitent, se lancent des :

– Envoie l'amarre ! Comme s'ils étaient eux-mêmes sur un bateau. En fait, ce sont les guirlandes de fleurs en papier qui fleurissent d'un arbre à l'autre et que l'on fait se rejoindre. Et l'on entend encore des retentissants :

– Et lâ ! Es-tu maladrais[8] ?

– Et l'autre de répondre :

– Dis donc Titi, t'as qu'à m'envoyer cha comme y faut !

Titi, c'est le surnom d'Eugène qu'on a baptisé à l'Honfleuraise du temps de ses langes et de ses pointes. Titi a soixante ans, c'est proprement décalé mais qui s'en plaindrait puisqu'on ne sait même plus qu'il s'appelle Eugène.

Ça s'engueule et ça s'invective mais dans un fond de bonne humeur qui transpire la fête à venir. La fête des marins, si sacrée ici qu'elle se vit à l'instar d'un Noël et mieux qu'une Pâques. Tout Honfleur sera dans les rues car en ces jours, on se sent encore plus l'âme corsaire. Ça boue dans les veines à grands coups de patois qui jurent avec le horsain, on en rajoute et c'est drôle quand les étrangers ne comprennent pas. Les bateaux vont sortir du port avec leurs belles couleurs fraîches et leurs guirlandes à l'unisson qui font du vieux bassin un spectacle ahurissant et magique et l'on montera à bord, fiers d'être de la famille, privilège de stars face à ceux qui restent à

8. Maladroit.

quai et qui en meurent d'envie. On fait semblant de les ignorer.

On fera route tous ensemble dans une joyeuse bonne humeur et à grands coups de sirène, serrés les uns contre les autres en étant fier d'être plus marin que son voisin qui chancelle et devient vert. D'autant que le patron à la barre, s'il est quelque peu facétieux, prendra une lame par le travers histoire de mouiller tout le monde et rire encore un peu. Et puis viendra le moment solennel, celui pour lequel tout ce peuple marin est rassemblé dans l'estuaire qui ondule de ses eaux grises : la gerbe de fleurs jetée à la mer pour les marins péris en mer.

« Péris en mer ! » c'est à cela qu'elle pense Julia qui revoie son père, la casquette à la main, qui prie dans sa tête tellement fort qu'elle en est toute auréolée. Elle voudrait le serrer sur son cœur tellement elle l'aime.

Elle fixe la Vierge à l'enfant, la petite Julia, les yeux remplis de questions, solide comme un roc, sage comme la belle campagne normande. Elle sent les larmes qui coulent sur ses joues. Ce moment-là se grave dans sa mémoire car elle a grande conscience de sa misère et de ce manque terrible qui ne fait que commencer.

Où peut-il être ?

S'il avait eu l'intention de partir (mais pourquoi partir ?) il l'aurait avertie, ELLE. Cette conviction même n'est pas très rassurante Lui vient l'ultime impression que s'en est fini et qu'elle porte désormais seule, le poids de son existence. Elle ne saurait dire pourquoi mais c'est un fait. Le père a rendu l'âme, elle le sent. Elle le voit encore, saluant la vierge en amont de l'estuaire quand elle était à la proue du petit navire qui rentrait au port. Oh oui, elle savait déjà !

Louis glisse une petite patte chaude dans la sienne.

– Tu es triste si je pars Julia ?

26

Julia descendait la côte de Genneville en se demandant comment la nature pouvait avoir le cœur en fête pendant que le sien saignait si fort. Elle s'était décidée à aller voir la Jeannette qu'on appelait Jaja dans la région et qui était réputée pour son savoir faire avec les choses insolites, de celles qu'on ne comprenait pas mais qu'il faut bien l'avouer, interpellaient par leur justesse. Paysanne et rebouteuse à ses heures, elle excellait dans la fabrication de son beurre et de sa crème et des réponses de son pendule qui de ses dires, n'avait jamais menti.

Au-dessus de la pipe que Julia avait amenée puisqu'il fallait un objet personnel, l'engin s'était alternativement balancé, vibrant et tournant au gré des questions et il n'avait pas fallu longtemps pour que la Jaja déclare :

– Ton père n'est plus de ce monde ma petite.

Cette déclaration de prime abord n'avait semblé ne faire ni chaud ni froid à Julia car tout se concentrait sur les interrogations qui avaient pris racine en elle. Pourquoi, comment et d'abord où était-il ?

– Le corps se balance… je vois sur li une masse énorme

– Vous pouvez faire quéque'chose Jaja ?

– Il faisait quoi ton père ma poulette ?

Avant même qu'elle ne réponde, Julia avait compris.

– Pêqueux… vous croyez qu'il est sous son batiau ?

– ça m'en a tout l'air !

– Mais…

Comment s'imaginer cette chose impossible, lui qui s'élançait du quai au mât sans se soucier de la distance, s'agrippant aux filins avec des mains puissantes. Il était râblé et d'une force que l'alcool souvent décuplait.

– As-tu laissé le p'tit batiau à la côte ?

Car même dans les campagnes, on connaissait la traditionnelle procession du lundi de Pentecôte où les enfants habillés d'une marinière et casquette à pompon sur la tête portaient les petits bateaux qui tanguaient sur les frêles épaules comme la vraie navigation sur les eaux grises de l'estuaire. Et ils étaient à l'image des vrais, présentés à la vierge pour y être bénis puis, redescendaient sur les mêmes civières jusqu'à l'année prochaine. Seuls, ceux qui en étaient sortis, d'un naufrage effroyable, d'une grande peur, restaient à la chapelle, ex-votos de marins reconnaissants.

À quoi servirait une maquette à présent puisqu'il n'y avait plus d'espoir ? Lentement, la petite se recroquevillait sur elle– même, serrée sur une douleur infernale et muette qui prenait corps petit à petit tandis que commençait dans son inconscience, l'interminable voyage de la vie quand elle ressemble à l'enfer.

Sabots crevés, bas de robe effrangé, la petite baissait la tête sur cette misère qui tenait davantage à sa négligence qu'à sa véritable condition et qui prenait dans l'instant, des allures de grande désolation. La vieille femme la poussait gentiment et d'une voix douce qui mettait un peu de baume :

– Vas mon pouchain, rentre chez té.

Il allait falloir qu'elle accepte ce qui ne pourrait être changé.

Et Julia redescendit la côte en regardant les bas côtés où perçaient de ci de là quelques coquelicots que le vent avait chassé des champs de blé, se disant qu'elle allait toute sa vie associer la perte de son père à ces fleurs sauvages qu'elle trouvait belles et effrayantes.

La Jaja avait dit qu'elle agirait pour que le corps remonte s'il était effectivement dans l'eau comme elle le pensait.

Ce mois de Juin apportait sa douceur et les arbres s'étaient parés de leur feuillage depuis longtemps. Elle s'étonna qu'elle ne s'en fut pas aperçue plus tôt, envahie qu'elle était par ces événements terribles.

Qu'allait devenir la famille si vraiment le père s'était ruiné ? Pauvre d'elle qu'elle devinait devenir moulière à vie, implacable mer qu'elle ne pourrait décidément quitter.

Mais cette iode, c'était aussi son oxygène, ce vent, ces lames, le bruit de l'écume crépitant sur les plages. Tout Honfleur battait dans ses veines. Comment vivre si ce n'était qu'à travers la cité corsaire, ses eaux troublées, ses fonds remués, perfides lits de marins perdus qu'ils gardaient, rendaient parfois vers les vivants, blêmes et déchiquetés, crevassés par l'eau salée, la peau blanchie de sillons mortels.

C'est seulement le onze de ce même mois qu'on le retrouva. Il était effectivement sous la coque de son bateau et ce corps absolument décharné qui était remonté à la surface et flottait dans le port, jeta un grand émoi dans la population. Très vite, on le héla sur le bord du quai cachant cette abomination aux curieux qui s'étaient amassés, certains cherchant malgré tout à voir l'horrible spectacle, d'autres voulant s'assurer qu'il s'agissait bien de lui.

– T'es sur que c'est li ?

– R'gâde donc si tu vois des ancres de marine tatouées sur les avant-bras

– Oui j'les ai vues !

– Alors c'est bien li ! confirmait-on.

L'enterrement de René Marchal fit se déplacer le tout Honfleur en l'église sainte Catherine. En ce joyau du moyen âge, on n'eut pas vu de longtemps visages plus tristes, de souffrance d'hommes qui déferlèrent dans l'allée centrale telle des vagues en perpétuel mouvement pour bénir ce pauvre corps qui avait tant souffert. On mit à son pied la gerbe des marins et les hommes de la mer en vareuses les moins usées, casquettes en main, vinrent saluer en pleurant l'ami qu'ils perdaient car il était aimé de tous.

Cette incessante procession humaine semblait ne jamais s'interrompre et donnait bien la mesure de tout cet amour qui partait pour toujours et ne reviendrait plus.

C'était aussi cette circonstance particulière de mort qui jetait dans les esprits une confusion gênante. On savait bien quelle désapprobation l'église y mettait quand on évoquait le suicide. Il restait là un doute non élucidé mais qui ne permettait pas d'empêcher une messe. Et quelle messe puisque celle ci aux dires des uns et des autres qui sortirent sous le porche, était de loin la plus belle qu'on est ouïe depuis longtemps. L'émotion avait été grande quand la petite Julia avait chanté l'Avé Maria. Son chant d'amour à son père avait arraché les larmes. Sa voix incroyable de puissance, qui montait si haut, avait fait bouger les anges, les archanges et tous les saints et on n'avait pu détacher les yeux de la petite sirène aux cheveux roux en se demandant par quel miracle elle avait trouvé la force de faire cela.

Tous savaient ici qu'après cet adieu déchirant, nul ne l'entendrait plus jamais.

On avait alors entonné tous ensemble le « Notre Dame de grâce », hymne à la reine de la mer, cher aux Honfleurais, sans lequel aucun marin n'aurait quitté ce monde.

Louis hébété regardait défiler les gens, abasourdi de douleur, sans voir que sa beauté émouvait plus encore. Un petit si beau, si jeune, quelle tristesse !

Catherine lui prit la main et l'entraîna au dehors, petite marionnette cassée qui suivait sans autre réaction tandis qu'on chargeait le cercueil sur le banneau du croque-mort attelé à un cheval si gros qu'on se demandait comment il avait pu s'enfiler dans les brancards.

– Y va l'faire claquer son bourrin ! entendait-on et un autre de rire car de tout temps, l'homme ne peut vivre une grande peine sans laisser une soupape éclater à son insu. C'était dire comme c'était triste !

Et puis encore cette autre scène dans la montée du cimetière de sainte Catherine où l'animal soufflant comme un phoque à cause de sa graisse, buta et tomba à genoux, ce qui fit reculer le banneau de quelques mètres et heurter l'assise en pierre du calvaire, ce qui eut pour conséquence de bloquer les portes de l'édit banneau. C'était drôle à mourir de voir les hommes s'acharner à décoincer la mécanique et d'entendre jurer dans cet endroit bien inapproprié.

– Mais bon Dieu, tire donc Marceau

– T'en a d'bonne ! vas y té, si t'es si malin !

Car ça résistait joliment bien. Impossible de sortir le cercueil sans ouvrir ces maudites portes.

– Ah l'René, j'vous jure, y nous fera rire jusqu'au bout !

On enterra finalement l'homme de la mer aimé de tous face à l'estuaire pour qu'il « regarde » les bateaux sortir du port car on ne peut s'imaginer la mort sans résurrection. Avec un peu de chance, il verrait encore ce qui plaisait à son cœur.

– Qu'est-ce que t'envisage la Thérèse ? demanda plus tard un ami marin à la veuve car la mer qui prend un homme, c'est un peu de la vie des autres marins qu'elle prend aussi.

– Ah Milo, j'vas pas m'en remettre disait-elle en pleurant car la vue du plus fidèle décuplait son chagrin. Dans ces moments de grandes peines, on était prêt à jurer de toutes les aides et entraides mais combien avec le temps tiendrait leur promesse ?

– Tu peux compter sur mé tu l'sais ben.

– R'gâde mes trois éfants ! reniflait-elle en désignant du menton les deux filles encadrant leur jeune frère au pied de ce trou où l'on venait de descendre le cercueil. Les orphelins de père désormais, si poignants dans leur misère.

– … La grande, a s'débrouillera toujou… si elle oublie ses idées loufoques. Mais les deux autres !… s'ont ben jeunes à c't'heure !

– Consume ton deuil la Thérèse, s'ra bien temps d'aviser !

C'était un « vrai » Monsieur qui avait abordé Catherine à la sortie du cimetière. Tout le monde avait remarqué l'homme bien joliment paré, veste bien coupée, chapeau d'une somptuosité de noir qui à l'évidence, contrastait avec celui plus mat des habits du peuple.

– Tu sais à quoi tout cela me fait penser ma petite Catherine avait dit Courbet car c'était bien lui :

– … « Enterrement à Ornans »

un tableau qu'il avait peint à trente trois ans, il y avait donc quinze ans de cela. Quel cirque ! Voilà ce qu'on disait : « la copie la plus scrupuleuse et la plus impitoyable de toutes les trivialités de figures, d'attitudes… ce n'est pas la restauration du laid, c'est la poursuite et la recherche de l'ignoble » Il se mit à rire et poursuivit :

– Et puis cet autre, oh quelle infamie, disant : « C'est à vous dégoûtez d'être enterré à Ornans ». (Ornans c'est mon village !) Il continuait sans rien remarquer, c'était étonnant l'infinie tristesse de la jeune femme, tout à son souvenir de cette lutte à montrer la réalité, la vraie vie sans remords personnels, ce grand débat contre l'embourgeoisement.

– Tu vois là (il désignait tout ce petit peuple écrasé par son deuil) c'est la réalité brute, la vie bouleversée parce qu'une autre s'arrête, c'est ça tu vois qu'il faut rendre à l'évidence, la province au moment du pire de son existence, le monde « d'en bas » avec ce mort terrible et putréfié, la part humaine que la terre réclame et qui ouvre son trou béant devant lequel les femmes tiennent leur mouchoir devant leur bouche et pas seulement parce que celui-ci est utile pour pleurer.

Pense à cela ma petite quand tu peindras à ton tour, l'inclinaison du réel jusqu'au dégoût. La pestilence sous le drap blanc !

Et parce qu'elle ne répondait pas, Courbet soudain interrogatif lui demanda si elle connaissait bien le mort. Il vit soudain ses beaux yeux masqués d'ombres mouvantes, les mains jointes, les doigts crispés et croisés sous la double rangée de tissu brun noirâtre qu'elle maintenait sous son menton comme si une partie d'elle-même pouvait fuir.

Il n'avait aucune reculée lui qui maintenant avait peur de comprendre et visualisait les traits apparents de la plus grande tristesse.

Elle prit le parti de continuer sa route, silhouette presque courbée reliée au ciel par une invisible croix.

Le peintre avisa une vieille personne qui sortait du cimetière à son tour.

– Qui est cet homme que l'on vient d'enterrer ?

La vieille considéra l'homme de haut en bas, jaugeant sans scrupule qu'il n'était pas d'ici, geste qui de lui-même, le lui faisait remarquer puis désigna la jeune femme qui s'éloignait en tenant son petit frère par la main et lâcha, dédaigneuse :

– Son père !

27

Dans l'entrelacs des grands mâts et des beaupré, les navires terre-neuviers se préparaient au grand départ. Il y avait comme une sorte d'empressement que le vent imitait dans les voilures carguées. Pour cette pêche de pleine mer, tout avait été minutieusement vérifié par les hommes sans terre si durs à la tâche, les gréements, les lignes à main dans leur moindre détail, chaque doris que l'on disait être d'inspiration indienne, léger et plat et qui laissait grand place au pont puisqu'ils s'encastraient les uns dans les autres dans l'attente de la grande pêche. Ils suivraient alors chacun la direction de la rose des vents avant de revenir, on le souhaitait, au bateau à l'ancre avec leur quota de morues, la mangeaille sans horaire pour les repas, enfournée dans les tonneaux qu'on roulait pour l'heure sur les passerelles jusqu'à la cale.

Cette fois, une flotte de cinq navires se préparait de Honfleur :

Le Corrib : 3 mâts ;

La Derry : göelette ;

Le Saint Aldo de Mésangers : 3 mâts ;

Le Grain d'Or : 3 mâts ;

La Quiéta-Iskov : göelette.

L'embarquement se poursuivait des jeunes, plus tout à fait mousse, pas encore matelot accompli, avec sur l'épaule, les petits barils qu'ils rempliraient des langues de morues, petit plus à additionner au salaire car ils avaient droit de salage. Par d'autres passerelles, les hommes montaient à bord, les uns après les autres. Suroît, pantalon huilé à l'huile de lin serrés dans le maigre baluchon, les pieds lourds des bottes de cuir de vache qu'il leur faudrait graisser régulièrement sous peine de craquelure, dès lors, engelure assurée.

Les femmes à terre regardaient leur homme, fil invisible qui s'étirait encore. Noirs habits, noir dans le cœur. Comme elles étaient fières dans leur tristesse. Il leur faudrait attendre des mois avant de les voir revenir.

Sur le quai, Louis regardait les hommes avec un drôle de sentiment, mélange gris sale de celui qu'on ignore puisqu'il laisse indifférent. Ou peut-être à qui on lance des regards aigus, un sourire mi-amer.

Celui la ne connaîtra pas la traversée jusqu'au grand banc qui est en soi une invitation à la déprime, la crasse salée, l'enfer du travail d'une dureté épouvantable, une brute de capitaine intoxiqué d'alcool qui sait, c'était fréquent, le travail d'une dureté effroyable et quel sort affreux des innocents, des petits souffre-douleur avec l'assentiment silencieux des puissants, les armateurs, les pouvoirs publics, l'église…

Il avait tout lieu de croire pourtant qu'il se défilait, qu'il était loin de son devoir.

Que faisait-il là alors, sur le quai à les narguer, ceux qui ne seraient pas ses compagnons d'infortune ?

Étrange examen de conscience de ce gosse au regard trop fixe, presque honteux de sa chance.

La main qui vint sur son épaule était lourde. C'était celle du brave curé, l'abbé Conrad qui lui aussi assistait au départ. Ils entendaient les mêmes choses, le capitaine d'armement qui gueulait ça commençait, parce qu'ils avaient pris du retard. Témoins d'un geste d'humeur d'un marin envers l'un des gosses, Louis leva la tête vers le curé qui lui sourit car lui aussi avait vu. La poigne sur son épaule se fit plus lourde encore comme s'il l'assurait de sa grande protection.

Ils seraient pourtant les derniers à partir. C'était, ceux-là ne le savaient pas encore, la fin du grand métier ici à Honfleur. Et même si celui-ci s'apparentait à l'enfer, il ne représentait pas moins qu'une manne indispensable, qualité primordiale de la ressource des familles de pêcheurs-forçats.

Ces derniers marins de la grande pêche ne connaissaient rien du blocus continental, des guerres du premier empire et de la concurrence croissante du Havre qui amorçaient le déclin.

Ce départ de Honfleur précédait le grand, le vrai, du Havre déjà, à partir du bassin de commerce.

Par d'autre bout du quai, le fils du matelot Léonard Sébastien sur le « François vapeur » qui assurait la liaison Le Havre-Honfleur et d'une mère employée sur « le Normandie » puis sur « le Seine », peignait face à la scène animée. Louis regardait celui qui ne pouvait qu'aimer cette prodigieuse magie d'air et d'eau et s'approcha de lui, le dominant à peine car il était assis sur un pliant face à sa toile.

Boudin, car c'était lui, considéra l'enfant avec étonnement. Il lui rappelait quelqu'un de familier.

– Un jour, je sculpterai comme vous peignez.

Le peintre lui sourit.

– Ah ça je te le souhaite mon p'tit gars car vois-tu, il n'y a rien de plus heureux qu'un homme qui vit sa passion !

Louis fit un grand geste, englobant tout

– Vous aimez tout cela !

– À dire vrai, « j'aime peu les quais. Il y a là un tohu-bohu de voitures, de colis, de barriques. Tourbillon agréable pour ceux qui compulsent leurs bénéfices mais cela n'amuse pas le rêveur qui préfère un peu de silence et de solitude ».

Le curé s'était aussi peu à peu approché.

– Voyons Louis, n'embête pas le Monsieur.

Le peintre s'éclairait. « Louis ! », voyons, n'était-il pas de la famille d'une petite Catherine qui avait travaillé quelque temps chez la mère Toutain ?

– C'est ma sœur !

Il se prit à regarder l'enfant d'une façon plus insistante. Mais bien sûr, voilà donc cette ressemblance !

– Tu lui passeras le bonjour. On ne la voit plus ! C'est dommage. Elle était bien mignonne !

Comme le gosse ne répondait pas, il poursuivit.

– Que devient-elle ?

Il n'attendait pas de réponse lui qui à nouveau était repris par sa passion. Ce bleu de charrette qui se faisait l'alliance du bronze et de quelque doublage de cuivre à la proue d'un navire ! bel éperon en vérité, porteur d'armes royales, écho d'un passé guère lointain qui se reflétait dans la mer. Un trait de lumière et l'effet déjà passé n'était plus que souvenir. Cependant, le peintre l'avait attrapé et Louis pouvait admirer le bel ouvrage saisi dans l'instant et fraîchement fixé à jamais sur la toile. Il ne pu s'empêcher d'en rire.

– Pourquoi ris-tu petit ?

– Vous êtes un attrapeur de lumière M'sieur !

Le peintre étonné regarda encore plus intensément l'enfant.

– Toi, tu as le sens artistique. Que veux-tu faire m'as-tu dit ?

Le curé cette fois osa imposer sa présence, mis à nouveau une main sur la frêle épaule.

– Monsieur, vous avez devant vous un futur maître d'œuvre ou pour le moins, un sculpteur en devenir, je vous en fais serment !

Il allait justement le conduire à la gare d'où commencerait un long voyage vers Saëns. Son premier chantier où il ferait ses débuts en tant qu'apprenti.

– Eh bien mon gars, félicitations !

Boudin fit passer les pinceaux sous son pouce dans la main qui tenait la palette et lui donna une chaleureuse poignée de main pleine de peinture, ce qui fit rire à nouveau l'enfant.

– Et pouvait-on savoir quelque chose de la future œuvre ?

– Je pense qu'il va commencer à charrier les brouettes, n'est-ce pas comme cela qu'on débute ? dit le curé d'une voix où l'on sentait percer la fierté.

Mais il était l'heure. À partir de la gare rouge, ainsi nommée à cause de la couleur de ses briques et où Maître Aldalde l'attendait avec d'autres compagnons, il emporterait bientôt les maisons qui se reflétaient dans le vieux bassin, le miroitement des eaux du port, ces embarquements auquel par miracle, il échappait, lui, l'enfant marin de naissance, autant de souvenirs serrés dans sa maigre besace qui ne contenait encore aucun outil si ce n'était ceux donnés à Saint Léonard et qu'il conserverait sans doute sa vie durant.

Sur le banc du Ratier, Julia leva la tête, jaugea le placement solaire comme son père le lui avait appris et su que le train de Louis partirait bientôt.

Pas d'adieux déchirants sur le quai de gare, ils l'avaient voulu ainsi et les heures de marées avaient fait le reste. Hier soir dans la chambre de Louis, ils avaient communié à cet amour indestructible de frère et sœur ne faisant plus qu'un, se jurant du souvenir de cette jeunesse partagée qui s'arrêtait là.

Autour d'elle, la marine folle déchaînait ses passions, force de l'eau vive qui contrastait avec tout son être, debout, inerte, conscient dans ces instants de sa grande solitude qu'elle intériorisait si bien.

Les mouettes rieuses happaient les bouffées sauvages et elles glissaient sur cet air saturé d'iode dans de grands tourbillons heureux. De cet appel venant d'en haut, elle envoya un baiser pour qu'elles l'emportent jusqu'à terre en dernière offrande à ce frère qu'elle chérissait tant et perdait tout à la fois.

Puis elle se baissa et repris son travail, moules luisantes qu'elle n'en finirait plus de remplir au panier parce que c'était ainsi qu'elle se l'était promise. Elle enverrait une partie de son lot chaque mois à Louis. Et pour donner du cœur à l'ouvrage, elle afficha à sa face ce sourire qui ne la quitterait plus et ferait dire d'elle toute sa vie, qu'elle était simple et un peu illuminée.

28

Connaissez-vous, vous, les « non natifs » de Honfleur, la fontaine des moulières, œuvre du sculpteur Jean Marc de Pas ? Vous y reconnaîtrez peut-être cette femme parmi d'autres qui usa sa vie, les jupes froncées et délavées par l'eau salée, penchée sur cette terre marine qui se couvre et se découvre, image même de sa vie qui se déroula sans plus de heurts, année après année. Solitaire et heureuse qui sait…

Julia mourut en 1908. Elle avait 57 ans. Exactement l'âge de son père dont on ne su jamais la vraie raison de sa disparition : maladresse d'alcoolique ou autre chose déguisé et peu avouable.

Elle ne se maria pas, n'eut pas d'enfant et s'éteignit en souriant comme elle avait vécu, entouré de ses chiens qu'elle avait nombreux et qui veillèrent sur son corps jusqu'à ce qu'on la découvre, inanimée, seule et abandonnée.

Louis ne pu venir à son enterrement car il n'était même pas en France.

Ah, Louis ! quel destin !

D'apprenti il devint compagnon du devoir puis maître d'œuvre. Il écrivit toute sa vie au curé de Honfleur car comme l'avait prédit Monsieur Humbert, le médecin et maître d'ouvrage à Saint Léonard, celui-ci fut bien l'homme le plus important de sa vie.

Il lui écrivit donc le déroulement de son apprentissage, ses chantiers qui l'amenèrent à connaître bien des villes. Il fit comme ses pairs son tour de France puis partit à l'étranger.

Au fil des lettres, l'homme de Dieu lisait l'élévation de cet âme, la joie profonde qui colorait chaque mot et où transperçait cette intelligence que lui-même avait pressentie. Il vécut donc la transformation remarquable de son protégé et sans jamais l'avoir revu, suivi sa vie et ses passions.

Louis eu un fils en 1883 qu'il nomma Nicolas.

Nicolas comme son père gravit tous les échelons du compagnonnage.

Il était loin le temps où l'eau salée se versait dans leurs veines. Pourtant et c'est curieux, la vie n'est qu'une roue qui tourne à l'infini et ce qui passe revient inexorablement.

Nicolas, à l'âge déjà mûr de 36 ans eut une fille puis à 40 ans, un fils. Cette roue de vie marqua son premier rappel. Il prit comme prénom pour ses enfants ceux de ses arrières grands parents qu'il n'avait pas connus mais dont il avait tant entendu parler, Thérèse qui naquit en 1919 puis René en 1924.

Sur ses vieux jours, il revint à Honfleur, berceau de sa race car je vous le dis, ceux de Honfleur ont comme squelette, le bois et l'ardoise et dans les veines, toute l'estuaire et ses eaux grises d'où partent vers le large de très beaux navires.

René eut très jeune l'appel de la mer. Comment vous dire, il existe peut-être dans les chromosomes des gènes qui se transmettent à l'image des caractères dominants ou récessifs, des gènes de marins qui ne peuvent concevoir de vivre autrement qu'en bourlinguant sur les vagues.

René eut quatre bateaux, du plus petit au plus grand, parallèlement à son aisance budgétaire. Le « Pourquoi pas » ainsi nommé car il n'était pas aisé pour lui de « s'inventer » un métier qui ne fut le fruit d'une passation entre père et fils.

Le « Pour nous deux » car il aima sa femme au-delà de ce qu'il était possible.

Puis « le Pétrel » joli nom d'oiseau de mer pour une chaloupe Honfleuraise qu'il fit construire par les chantiers navales.

Et enfin, « la Jannick » comme une main tendue à travers l'au-delà pour faire revivre un peu son ancêtre dont il portait le nom.

Il fallut encore trois générations pour qu'un petit Louis arrive à nouveau dans la famille.

Celui-ci voyez-vous, est beau comme un cœur. Il a le regard de celui qui sait Tout déjà et je me plais à penser qu'il a peut-être le beau visage de son aïeul. Plaise à la vie qu'il en ait une, lui aussi, pleine de passion.

En attendant, nous sommes lundi de Pentecôte et Louis, 5 ans, a bien voulu monter la maquette « la Jannick » à la côte de grâce. La roue de vie vient de faire un tour complet.

Et Catherine me direz-vous ? Que devint-elle ? Voulez-vous s'il vous plaît qu'avant la fin, l'on repasse un peu le film à l'envers ?

Remontons donc ces 150 ans et retrouvons un instant la grand-mère Léontine dans sa belle campagne Augeronne, pour amener la fin de l'histoire à votre connaissance. Laissez-moi cependant vous dire que je crois la vie écrite d'avance bien que chacun ait son libre arbitre et son chemin de vie.

La vieille femme épluchait les légumes comme chaque jour. Légumes à soupe ou à fricot. Sur le sol, tombaient quelques épluches que deux ou trois poules hardies happaient d'un coup de bec. Par la porte à double ventaux, ouverte sur le beau temps, les gallinacées s'aventuraient parfois jusqu'à la cuisine si on ne les chassait pas d'un coup de torchon. De retour à la cour, elles caquetaient, cou en l'air, de celles qui se vantent d'être plus malignes que les autres et ont vécu une grande aventure. Une fois lavés, les légumes rejoindraient la grande marmite d'eau salée et cuiraient doucement sur le fourneau qu'on alimentait hiver comme été en bois de cinquante.

Léontine prit le restant des épluches qu'elle fit glisser dans son tablier et alla le secouer dehors. Aussitôt, la basse-cour arriva ventre à terre, toutes ailes déployées en se bousculant comme de jeunes enfants. Elle pouvait voir au loin le champ onduler sous la brise, de l'avoine en épis dressant sa longue chevelure dorée et elle repensait à son homme, sac en bandoulière au temps des semailles, marchant en rythme, le geste sûr de celui qui a acquis une grande adresse. Il fallait être habile pour n'oublier aucun point et savoir recouvrir les marges des allées et venues. C'était beau toute cette blondeur qui mettait à l'évidence le travail bien exécuté et Léontine s'accorda un moment pour se remplir du paysage comme une sorte d'extase, sereine et paisible. Elle avait toujours adoré son décor (bon, un peu moins l'hiver !) s'imprégnant avec délice du moindre petit bonheur et ces paysages normands en faisaient partie. Tour à tour terre brune saignée de sillons profonds, recouverte de blés en herbe ou comme à présent ondulante sous les premiers vents chauds.

La maison promontoire laissait deviner dans quelques replis de terrain plus à l'ouest, la prairie permanente clairsemée de taches brunes et blanches des vaches ruminantes qui attendaient déjà la traite. Allons, elles avaient bien une pendule dans le ventre celles-là ! Elle les aimait ses vaches. Leurs yeux humides qu'elles posaient sur elle quand elle arrivait avec sa selle à traire, sorte de tabouret à trois pieds. « Allez, place toi donc » commandait-elle car elles s'amusaient parfois à pivoter sur les postérieurs.

Traire, c'était son travail quotidien, deux fois par jour quand Arsène était occupé à d'autres tâches. Il fallait alors qu'elle ramène elle-même « les chaînes » ces lourds pots à lait en métal, au moins jusqu'au bout de la rade. Il viendrait les chercher plus tard. À elle, l'âne n'obéissait pas et n'en finissait pas d'avancer. Quelquefois, ça se passait mal. Ou bien une vache lui fouettait le visage avec sa queue pleine de bouse, ou celle ci renversait le seau. On entendait alors Léontine braire comme l'âne, résolue pourtant à se faire obéir coûte que coûte. Rapprocher la selle, se rasseoir, tirer (traire) la vache qui à nouveau envoie des coups de patte.

– Tu vas t'arrêter dis donc !

Quelquefois tout se passait comme sur des roulettes. Le troupeau calme se laissait faire, heureux de cette plénitude animal qui fermait à demi les yeux à ce massage délicieux.

Qu'était-il plus important pour elle, voir le lait gicler dans le seau car après tout, c'était bien là le fruit de son travail et l'objet de son revenu hebdomadaire ou sentir l'odeur suave et tenace de toute cette matière grasse qui vous enveloppait et s'accrochait aux vêtements mieux que d'autres odeurs plus distinguées ?

Dire que c'était parfaitement agréable aurait été exagéré mais cela faisait partie du paysage, de cette herbe verte grasse à perler le lait, à vous donner l'envie de vous rouler dans une énorme feuille verte, de sentir le crachin comme un véritable renouveau, fraîcheur absolue et source de vie que les Normands vivaient comme une lymphe bienfaitrice. Il fallait bien être « né natif » pour ne pas jurer après cela car d'autres qu'eux n'y auraient vusque désagrément, pluie qui mouille plus que l'autre, celle qui tombe en gouttes et ruisselle sur les prés. Cette pluie-là ne ruisselait pas. Elle pénétrait lentement comme une crème onctueuse sur la peau et rejoignait la sève des plantes pour en sublimer le vert magistral et les odeurs puissantes.

Sans même se le dire mais avec une conscience intacte, Léontine exécutait son œuvre de paysanne avec une joie de vivre que n'avaient pas terni les années et cet état d'âme se ressentait sur ses bêtes qui le lui rendaient bien. Elles étaient belles et pleines, la peau bien tendue sur un poil brillant, donnaient leur vingt litres bien pesés sans jamais chercher le méchant coup de pied ni même jamais présenter la corne, tête baissée et œil fourbe. Celles-là étaient franches du collier avec dans les yeux cerclés des « lunettes » propres à leur race, un éclair malicieux, témoin d'une tête bien faite, physique et psychologique, car il n'y a rien de plus dangereux qu'une méchante vache, une « taurelière », une vache jalouse ou pleine de ressentiment.

Traire pour la grand-mère, c'était aussi rêver. L'automatisme des gestes le permettait et elle s'envolait dans un état presque extatique ou ne subsistait ni douleur terrestre, ni ennui d'aucune sorte, plus guère de problèmes liés au quotidien, d'envies.

Ce matin-là (on avait enterré le René depuis trois semaines), lui vint dans cette position même, une idée qui servirait Catherine. Elle continua, machinal, à tirer ses bêtes, reversait au fur et à mesure le seau plein dans les chaînes à lait et quand tout fut fait, pris dans chaque main, les gros bidons lourds qu'elle déposa à l'entrée du pré. Arsène viendrait les y chercher. Puis, elle reprit, sous le soleil qui avait achevé de chasser la brume matinale, le chemin de la maison.

– Attelle moi Coquine commanda-t-elle à Arsène qui s'étonna évidemment de ce commandement.

On n'attelait jamais en jour de semaine mais seulement jour de marché, le samedi, pour vendre les produits de la ferme.

– Te rappelles-tu quand je te parlais de mes économies, qu'on sait pas qui en faire vu que tu veux aller nulle part ?

Le vieux immédiatement sur ses gardes, se roidit d'un coup comme fixé par quelque sort maléfique.

– Où tu veux aller à c't'heure ?

– M'en vas acheter d'la couleur à la gamine et pis des tableaux. Le vieux abasourdi répliquait

– C'est pou les riches cha des tableaux !

– Mais non pas des tableaux, d'la toile tendue pour peindre dessus.

Arsène vivait des émotions, mélange d'incompréhension et de méfiance car quand on touche aux sous d'un Normand même si ce n'est pas les siens, c'est un peu comme si on lui arrachait un bras. Dans cet état d'esprit où se tenait Léontine, il ne discuta point et garni tla jument qui se laissa faire par habitude puis les vit partir directement en trottinant, les deux poings sur les hanches en hochant la tête d'un air dubitatif.

Dans sa boutique, le marchand de couleur vivait lui aussi quelques interrogations. D'abord, il ne prit garde à la paysanne qui descendait de sa carriole, mais quand elle s'approcha et fit teinter le grelot de la porte, il n'eut plus de doute sur ses intentions. Elle venait bien chez lui. Très surprenant de la part d'une vieille femme de la campagne qu'il imaginait plus certainement derrière ses vaches que devant un chevalet. Elle resta un moment sur le pas de la porte, la main sur la clenche comme si cela suffisait à la rassurer.

Milieu étrange si différent du sien, mêlé d'odeurs puissantes et d'éclairages subtils de cierges d'églises qui jetaient des ombres curieuses et des lueurs célestes sur les œuvres exposées. Elle restait là, coite, la bouche entrouverte de celle qui découvre un autre monde infiniment beau, plein de sérénité et de profondeur et s'étonnait qu'on eut su retranscrire cette beauté-là qu'elle vivait elle-même en pleine nature quand les couleurs enchantaient ses journées.

– Je peux vous aider Madame ?

Le marchand souriait, affable, flairant la bonne affaire. Elle plongea la main dans la poche profonde qui plastronnait son ventre et en sortit quelques billets de banque qu'elle déposa sur le comptoir en bois plein chêne qui ne craignait plus aucun coup de marteau des réparations de cadres.

– Bien le bonjour Monsieur. Recomptez s'il vous plaît et dites moi c'que je peux avé avec cha.

Il prit la liasse sans se faire prier et compta les sous avec un sourire entendu qu'il ne pouvait contenir.

– Voilà de quoi satisfaire toutes vos envies ma petite dame ! Vous peignez avec quoi d'habitude ?

La « petite dame » fit des yeux ronds. S'il croyait qu'elle avait que ça à faire !

– J'ai ti l'air de quelqu'un qui peint ?

– À dire vrai…

– C'est pour ma p'tite fille précisait-elle. Une artiste vous savez mais la pauvrette n'a pas le sou, c'est pourquoi me voilà. Va falloir m'aiguiller car moi, j'y connais rien !

Il ouvrait déjà des tiroirs larges et peu profonds où se déclinaient toutes les séries de pastel sec. Les nuances sacrées de blanc, les « lumineux » comme disait Isaac Newton, obtenu en mélangeant la lumière de toutes les couleurs et l'on voyait vraiment les nuages blancs dans un ciel d'été, symbole qui lutte contre la souillure de la terre, illuminant céleste, nacré, pur neige ou ivoire.

Voici le tiroir des bleus, azurite incroyable et saisissant du génie Égyptien bientôt imité des Romains à grandes doses de carbonate de cuivre

Elle n'en finissait pas de s'émerveiller la vieille dame devant cette fois les jaunes qui se déclinaient à l'infini, éclaboussant, beurre frais ou raisin blanc, bière blonde mate et amère jusqu'à l'orangé d'un astre qui s'étale dans la mer.

Toute une harmonie que l'œil humain se plaît à traduire suivant ses propres expériences et classification qui parfois s'opposent suivant ses cheminements de pensées.

Tandis que Léontine préparait l'avenir de sa petite fille, Catherine elle, suivait dans le ciel le long vol heureux des oiseaux blancs. Ils choisissaient les courants montants pour s'élever sans effort vers l'abîme marine d'un été qui s'annonçait caniculaire puis redescendaient en planant sur d'autres jusqu'à raser les vagues qui mouraient là dans le bas de la falaise.

La mer n'avait pas fini sa remontée pour la deuxième fois de cette journée magnifique et l'on voyait encore une large bande de sable que la marée ne recouvrirait pas.

On entendait ces vagues se fracasser, force de vie que Catherine regardait sans émotion, fuir devant elle et revenir avec la puissance d'une explosion joyeuse et scintillante.

De là haut, le vent chaud jouait comme un enfant heureux faisant claquer sa robe contre ses jambes. Elle enleva sa petite coiffe qui retenait sa chevelure et elle s'arracha de ses mains pour fuir elle aussi, libre et solitaire vers la mer. Elle eut quand même ce sourire à cette liberté que même les choses réclamaient.

29

À la mairie de Trouville sur mer, dans le registre des actes de l'état civil, on nota :

L'an 1865 le 17 juillet à trois heures du soir, devant nous : Hector Malbranche, 2e adjoint au maire, officier de l'état civil, en son absence et par empêchement du premier adjoint ont comparu :

Dumaine Gustave 63 ans agent de la maréchaussée à Trouville et Rétout Jean 39 ans employé de bureau à Trouville,

Lesquels nous ont déclarés que ce, jourd'hui, à 8 h du matin, aux rochers d'Hennequeville, il a été trouvé décédée, un individu de sexe féminin, paraissant âgée de 16 à 18 ans.

Sa taille est d'environ 1 mètre et 60 centimètres.

Elle a les cheveux blonds, le nez droit, la bouche moyenne, un visage harmonieux, des yeux très clairs.

Comme signe particulier, une cicatricc de plaie ancienne, petite et au-dessus du sourcil droit, suivant la ligne de celui-ci.

Ses effets d'habillement se composent :

Robe noire avec poches, jupon de dessous en satinette noire avec volants en soie, deux autres jupons en coton, l'un blanc, l'autre noir, une chemise en coton avec petits plis sur le devant et marquée sur la poitrine d'une broderie ressemblant à la lettre C, d'un cache-cœur en cotonnade blanc avec boutons nacrés, une paire de bas noirs

Un pied chaussé d'une galoche ferrée, l'autre non.

Il n'a été trouvé sur elle aucuns papiers.

Sur cette déclaration et après nous être assurés du décès, Nous, officier de l'état civil, avons dressé le présent acte que nous avons signé après lecture avec les comparants.

Dumaine Gustave, agent de la maréchaussée et Rétout Jean, employé de bureau, signèrent l'acte dans la marge en dessous de la déclaration : DC d'inconnue, acte n° 112, année 1865 et du blason de la ville : « *d'azur à une nef contournée et voilée d'argent voguant sur une mer ondée de sinople au chef cousu de gueules d'or chargé de trois étoiles d'or, l'écu reposant sur une ancre de marine* ».

Ironie macabre que cette petite barque Trouvillaise, équipée, flammée et habillée d'argent, quasi réplique de celle qu'elle avait peinte, la main dans celle du peintre Sisley et qui ressemble à s'y méprendre à celle que l'on voit dans le tableau du peintre « le sentier au bord de l'eau à Suhars le soir » qu'il a peinte en 1894 soit quelques vingt-neuf ans plus tard.

A-t-il pensé à elle en la créant pour que de là-haut, elle ait pu « jouer à peindre » encore une fois et mettre le blanc d'argent ou d'argile, une pointe de bleu ou peut-être ce blanc encore, d'azur brume ou lunaire, tout doucement, dans un petit coin, pour ne pas déranger l'ordre des choses !…

Table des matières